납치된 서유럽

—혹은 중앙 유럽의 비극

밀란 쿤데라
장진영 옮김

납치된 서유럽

—혹은 중앙 유럽의 비극

차례

문학과 약소 민족들

납치된 서유럽

문학과 약소 민족들

자크 루프니크(Jacques Rupnik, 1950~)

체코 프라하 출신의 정치학자이자 중앙 유럽 및 동유럽 전문가. 프랑스 소르본 대학과 미국 하버드 대학에서 수학했다. 파리 정치 대학 국제 연구소(CERI)의 주임 연구원으로, 동유럽 및 유럽 통합을 주제로 강의를 해 왔다.

전당 대회보다 더 중요하거나, 그 정도까진 아니더라도 그보다 더 기념비적인 작가 대회들이 있다. 공산주의 체코슬로바키아에서는 전당 대회가 연이어 개최됐고 서로 비슷비슷한 모습을 보여 왔다. 작가 대회들은 예측 불가인 경우도 있었고, 때로는 권력과 사회의 관계에 깊은 변화를 예고하는 경우도 있었다.

마찬가지로 한 시대를 특징짓는, 오늘날 다시 읽어도 특별한 울림을 간직하는 대회 연설들도 존재한다. 1967년 5월 솔제니친이 모스크바에서 한 검열에 대한 고발이 기억나는데, 그것이 기 베아르[1]에게 영감을 주어 "시인은 진실을 말했지, 그런데 그는 처형되어야 한다네……."라고 노래하는 멋진 샹송이 탄생했다. 반면 솔제니친의 고발 사건이 일어난 지 한 달 후 프라하에서 열린 작가 대회에서 밀란 쿤데라의 연설을 필두로 이어진 놀라운 연설들은 상대적으로 덜 알려져 있다.

당시 밀란 쿤데라는『열쇠의 주인들』(1962)이라는 희곡, 단편 소설집『우스운 사랑들』(1963, 1965), 특히 1967년 작가 대회 개최 시점에 출간된, 한 시대를 떠올리게 하며 그 시대를 닫는 소설로, 체코 독자뿐 아니라 모든 이들에게 1968년의 봄과 연관된 것으로 여겨지는 장편 소설『농담』으로 성공을 거둔 작가였다.[2] 쿤데라는 프라하 영화 아카데미(FAMU)에서 교편을 잡았고, 문학(보후밀 흐라발, 요세프 슈크보레츠키, 루드비크 바출리크 등등)에서뿐 아니라 연극(바츨라프 하벨, 요세프 토폴), 그리고 특히 뉴 웨이브 영화(밀로시 포르만, 이반 파세르, 이르지 멘젤, 얀 네메츠, 베라 치틸로바 등등)에서 놀라울 정도로 비약적인 문화적 창조력과 인상적으로 특출한 독창성 및 다양성을 보인 인물 중 하나가 되었다.

---

1   Guy Béart(1930~2015). 이집트의 카이로에서 태어난 프랑스의 싱어송라이터 겸 작가, 프로듀서, 텔레비전 방송 진행자. 1968년 「진실」이라는 곡을 발표했다. (옮긴이)

2   프랑스어 번역본은 소련 침공 직후인 1968년 10월에 갈리마르 출판사에서 출간된다.

쿤데라가 1960년대를 체코 문화의 '황금기'로 간주하는 데는 그럴 만한 이유가 있지만, 그 황금기는 시장의 압박을 받아들이지 못한 채 점차 체제의 이데올로기적 구속에 의해 붕괴된다. 이런 관점에서 보자면 1968년 프라하의 봄은 정치적 차원으로 축소되지 않고 십 년 세월의 종말로 이해될 수 있을 뿐이다. 그 십 년이라는 기간에 작가 주보 《문학 저널(Literární noviny)》은 발행 부수가 25만 부에 달했고, 그 전부가 하루 만에 판매되었다. 그 십 년은 문화의 해방이 정치 구조의 해체를 가속하는 시기였다.

그러자 위험을 헤아린 집권 세력은 수습을 시도했고, 1967년의 작가 대회는 작가들과 권력의 대결 무대가 되었다. 그 발단은 '사회주의 리얼리즘'의 상징적 장례식이었던 1963년 리블리체에서의 프란츠 카프카 강연회였다. 『소송』을 비롯해 독일어를 사용하는 이 프라하 유대인 작가의 작품은 사십 년 후 체코 독자들 눈에는 전혀 다른 리얼리즘에 속하는 걸로 비쳤고, 프라하 성을 차지하고 있던 공산당 제1서기 겸 대통령 안토닌 노보트니가 보기에 그것은 상당히 불온한 리얼리즘이었다.

1967년 작가 대회에서 몇 차례 중요한 순간이 있었다. 먼저 파벨 코호우트는 소련 작가 동맹에 보내는 솔제니친의 그 유명한 편지를 읽기에 앞서 '6일 전쟁'에서 소련이

펼친 반(反)이스라엘 정책을 비판했다. 공산당 지도부의 이데올로기적 정통성 수호자인 이리 헨드리흐에게는 참을 수 없는 일이었기에, 그는 대회장을 떠나 쿤데라, 프로하스카, 루스티크가 있는 연단 뒤를 지나면서 잊을 수 없는 말을 던졌다. "당신들은 모든 걸 잃은 거야, 전부 다!" 이튿날은 루드비크 바출리크의 차례였다. 『도끼』의 저자이며 《문학 저널》의 편집위원인 바출리크는 핸드리흐의 말에 상처를 받아 용납되리라 예상되던 한도를 뛰어넘어 단도직입적으로 문제의 핵심에 접근했다. "모든 일을 결정하고자 하는 한 줌도 안 되는 사람들"에 의한 권력 찬탈이라고 한 것이었다. 결렬은 이미 이뤄졌다.

정치사에서는 물론, 작가들과 정권과의 명백한 갈등이 다시 다뤄지게 된다. 1967년 여름은 작가들의 일시적 패배였고, 1968년 봄은 그들의 승리(역시 잠정적인)였다. 사상사에서는 특히 밀란 쿤데라의 개막 연설이 다시 다뤄지게 된다. 동료들과 마찬가지로 검열을 비난하면서도 쿤데라는 다른 관점에서 창작의 자유라는 주제를 거론한다. 그는 역사적 관점을 채택하여, 존재 자체가 "자명하지 않은" 체코 민족의 운명, 그리고 백산 전투(1620) 및 두 세기에 걸친 게르만화 과정에서 괴멸된 엘리트 계층의 운명에 대해 의문을 제기하며, 19세기 말에 작가 후베르트 고르돈 샤우에르가 던진 도발적인 질문으로 돌아온다. 고급 문화의 토대가 된 언어를 체코인들에게 돌려주기 위해 그처럼 많은 노력을 쏟을 필요가 정말 있었을까? 더 발전되고 더 영향력 있는 독일 문화에 합병되는 게 낫지 않았을까? 쿤데라는 거의 한 세기 후에 다시 수사학적으로 문제를 제기하며 답변을 내놓는다. 그 문제는 다만 유럽 문화와 가치에 참신하게 기여할 때에만 정당화된다는 것, 달리 말하자면 특수성에 의해 보편성에 기여할 때에만 정당화된다는 것이다. 1960년대 체코 문화의 활력은 이런 야심 또는 이런 단언의 근거를 설명하는 듯하다. 그런데, 민족의 생존이 걸린 문화의 이런 비약적 발전은 자유를 전제로 한다. 쿤데라가 "문화예술 파괴자(vandal)"라 지칭하는 관념론자 검열관들에겐 문화의 자율성과 정신의 자유에 대한 지지가 하나의 도전처럼 여겨진다. 그러니, 권력의 손아귀에서 문화를 해방시키는 일이 정치적 차원을 획득하게 된다는 점은 분명하다.

하지만 쿤데라가 1967년에 제기한 문제는 그것이 지닌 또 다른 차원, 즉 "20세기 후반에 시작된 거대한 통합주의적 관점"에서 바라본 약소 민족들의 운명이라는 차원을 전망할 때면 놀라울 정도로 현대적인 울림을 지니기도 한다.

"통합의 과정에서 모든 약소 민족들을 병합할 우려가 있는데, 그 민족들에겐 그들 문화의 활력, 개성, 그리고 그들의 기여가 지닌 모방 불가능한 특징들 외엔 다른 방어 수단이 없다."[3] "이러한 20세기 및 21세기로의 통합 과정 속에 숨은 비폭력적 억압"을 제지한다는 것은 과거 반게르만화 항쟁보다 훨씬 더 어렵다는 점이 밝혀질 수도 있을 것이다.

그리하여 체코 문화가 차지하는 위치의 특수성에 관한 질문은 중앙 유럽 약소 민족들의 운명에 관한 쿤데라의 성찰로 이어지고, 몇 가지 측면에서는 세계화되어 가는 유럽에서 중앙 유럽 약소 민족들이 겪는 딜레마들을 미리 보여주고 있다. 그것은 또한 1967년 작가 대회에서 행한 쿤데라의 연설과 1983년 《데바(Le Débat)》지에 실린 그의 시론 「납치된 서유럽, 혹은 중앙 유럽의 비극」 사이의 관계이기도 하다.

자크 루프니크

---

3   체코슬로바키아의 문화 현상에 대한 대담집 『삼대(三代)』(장폴 사르트르 서문, 파리, 갈리마르 출판사, 1970)에 실린 밀란 쿤데라와 안토닌 리엠의 대담 중에서. 이 대담은 1967년 작가 대회 전날 이루어졌으며, 아마도 여전히 가장 훌륭한 밀란 쿤데라의 지적 자화상일 것이다.

문학과 약소 민족들

체코슬로바키아 작가 대회 연설

1967년

친애하는 동지 여러분, 태곳적부터 지구상에서 살아온 민족은 없고, 또 민족이라는 개념 자체가 어느 정도 현대적인 개념임에도 불구하고 대부분의 민족은 자신의 존재를 하나의 명증성으로, 오래전부터 존재해 왔던 '신'이나 '자연'의 선물로 느끼고 있습니다. 각 민족은 자신의 문화, 정치 체제, 그리고 국경에 이르기까지 모든 것을 그들 자신의 창조물로 여길 수 있고, 따라서 그에 대해 질문하거나 문제를 제기할 수가 있습니다. 그런 반면에 그들은 민족으로서의 자신의 존재는 어떤 질문의 여지도 없는 기지(既知)의 사실로 간주합니다. 죽음의 대기실을 거쳐 온,

그리 행복하지 못했으며 단속적이었던 역사 때문에 체코 민족은 이런 기만적 환상을 피할 수 있었습니다. 체코 민족이라는 존재가 하나의 명증성으로 느껴졌던 적은 한 번도 없었고, 바로 이러한 **비명증성**이 체코 민족의 주요 속성 중 하나인 것입니다.

　이런 현상이 가장 두드러졌던 때가 바로 19세기 초였는데, 이때 소수의 지식인들은 먼저 체코어, 거의 망각된 그 말을 되살리려 했고, 이어서 다음 세대에게는 이미 사라진 거나 다름없는 체코 민족을 소생시키고자 했습니다. 이 같은 부활 운동은 심사숙고 끝에 이뤄진 행동이었고, 모든 행동이 그렇듯 찬반 선택을 바탕에 두고 있었습니다. "찬성" 쪽으로 기울긴 했으나 체코 민족 부활 운동 출신 지식인들은 반론의 무게 또한 잘 알고 있었습니다. 그들은 게르만화가 체코인들의 삶을 편리하게 했을 것이고, 그들의 아이들에게 더 많은 기회를 제공했을 것임을 알고 있었습니다. 프란티셰크 마토우시 클라첼이 그런 이야기를 했었지요. 그들은 또한 강대국에 소속되면 그들의 모든 지적 작업에 더 큰 권위가 부여되고 영향력이 확대되지만, 체코어로 작성된 학문의 경우 — 클라첼의 말을 인용하자면 — "내가 각고를 기울인 작업의 인정 범위가 한정된다."는 사실을 알고 있었습니다. 지식인들은 얀 콜라

르의 말처럼 "어중간하게만 생각하고 느끼는" 약소 민족들이 맞닥뜨릴 걱정거리들을 잘 알고 있었습니다. 이 민족들의 교육 수준은, 다시 콜라르의 말을 인용하자면 "대체로 빈약하고 초라합니다. 그것은 살아간다기보다 연명하는 것에 지나지 않으며, 성장하지도 싹을 틔우지도 못하고, 그저 목숨을 부지하면서 나무가 아니라 가시덤불만 자라게 할 뿐입니다".

이런 논거들과 반론들에 대한 인식이 완전해지면서 "사느냐 죽느냐, 그리고 왜?"라는 질문이 체코 민족의 현대적 삶의 근저 자체 속에 설정됩니다. 민족 각성의 주역들이 이런 현대적 삶을 촉진한 건 미래를 위한 커다란 도박이었습니다. 그들은 체코 민족이 훗날 스스로의 선택이 옳았음을 입증할 의무에 직면하도록 했습니다.

이미 편협함에 빠지기 시작한 신생 체코 사회가 1886년 후베르트 고르돈 샤우에르가 던진 다음과 같은 수치스러운 질문과 맞닥뜨린 것은 체코 민족의 삶이 지닌 비증명성이 당도하게 될 아주 당연한 귀결이었습니다. "우리의 창조적 역량을 좀 더 위대한 민족의 역량에, 아직까지는 초기 단계인 체코 문화보다 더 발달한 문화를 가진 민족의 역량에 더했더라면, 우리가 인류에게 더 많은 것을 가져다주지 않았을까? 우리가 우리 민족을 되살리기 위해 전개했던 모든 노력이 그럴 가치가 있었을까? 우리 민족의 가치는 민족의 존재를 정당화할 정도로 충분히 위대할까?" 여기에 한 가지 질문이 추가됩니다. "이러한 가치 그 자체가 장차 주권 상실의 위험으로부터 체코 민족을 보호할 수 있을까?"

삶을 누리기보다는 근근이 연명하는 데 만족했던 체코 특유의 지역 애착주의 때문에 이런 문제 제기의 이면에서 민족에 대한 공격은 그릇된 확신으로 대체되었고, 바로 그 이유로 샤우에르 씨의 제명이 결정되었습니다. 그러나 오 년 뒤 젊은 비평가 샬다[4]는 샤우에르를 당대의 가장 위대한 인물이라 칭했고, 그가 행한 시도를 탁월한 애국적 행위로 규정했습니다. 그가 틀린 건 아니었습니다. 샤우에르는 체코 민족의 부활을 도모한 지도자들 모두가 인식하던 딜레마를 극단으로 밀고 나아갔을 뿐이었습니다. 프란티셰크 팔라츠키[5]는 이런 글을 썼습니다. "우리가 우리 이웃들이 행한 것보다 더 위대하고 더 고귀한 활동을 향해 민족 정신을 고양하지 않는다면, 우리는 우리의 생존을 보장할 수조차 없을 것이다." 그리고 얀 네루

4   František Xaver Šalda(1867~1937). 체코의 예술 평론가. (옮긴이)
5   František Palacký(1798~1876). 체코 역사의 아버지, 체코 민족의 아버지로 평가받는 체코의 역사학자, 작가, 정치인, 철학자. (옮긴이)

다[6]는 더 엄청난 글을 썼습니다. "우리 민족의 위엄뿐 아니라 생존을 보장하기 위해서는 우리 민족을 세계적 인식 및 교육 수준으로 향상시켜야 한다."

체코 부흥의 지도자들은 민족이 생산해야 할 문화적 가치와 민족의 생존을 연결 지었습니다. 그들은 민족에게 얼마나 유용한지가 아니라, 당시 표현대로 하자면 인류 전체에 속하는 기준인지 여부에 따라 이런 가치들을 평가하고자 했습니다. 지도자들은 세계와 유럽의 통합을 갈망했습니다. 이런 맥락에서 제가 강조하고 싶은 것은 이 세계의 다른 어느 곳에서도 찾아보기 힘든 모델을 구축한 체코 문학의 특수성입니다. 그 모델이란, 비록 중심인물은 아닐지라도 중요한 문학 관계자로서의 번역가라는 모델입니다. 따지고 보면, 백산 전투[7] 이전 세기의 문학에서 가장 중요한 인물들은 르제호르시 흐루비 즈 엘레니, 다니엘 아담 즈 벨레슬라비나, 얀 블라호슬라프 같은 번역가들이었습니다. 요세프 융만의 서명이 들어간 유명한 밀턴 번역본은 민족 부흥기 체코어의 토대를 닦았습니다.

---

6   Jan Neruda(1834~1891). 체코의 소설가, 시인, 언론인. 열정적인 애국자이자 민족주의자로 사실주의 국민 문학을 창시한 작가들 중 하나였다. (옮긴이)

7   백산(白山) 전투는 1620년 11월 8일 치러졌던 전투로 30년 전쟁의 초기 전투 가운데 하나로 가장 중요한 전투들 중 하나였다. 이 전투로 인해 체코 독립의 종말을 알리는 조약이 체결되었다. (프랑스어 번역자의 주)

오늘날까지도 체코의 문학 번역은 세계 최고 수준으로 손꼽히고 있으며, 번역가는 여타 다른 문인들과 동등하게 존경받습니다. 문학 번역이 주요한 역할을 맡은 이유는 명백합니다. 체코어가 구성되고, 유럽의 학술어 자격을 포함해 대등한 유럽 언어로서 완성된 게 바로 번역 덕분이기 때문입니다. 그러니까 체코인들이 체코어로 그들 자신의 유럽 문학의 토대를 세운 것, 그리고 그 문학이 체코어를 읽는 유럽 독자들을 만들어 낸 것은 문학 번역을 통해서였습니다.

소위 창연한 역사를 지닌 유럽 강국에겐 그들이 그 안에서 발전을 거듭해 온 유럽적 배경이 당연히 존재합니다. 하지만 각성기와 수면기를 번갈아 겪어 온 체코인들은 유럽적 의식의 발전 과정에서 몇 가지 중요한 단계를 놓쳤고, 그리하여 매번 유럽의 문화적 배경에 적응해야 했고, 그것을 제 것으로 만들어 재구성해야 했습니다. 체코인들은 그들의 언어나 유럽에의 소속, 그중 어느 것에서도 이론의 여지가 없는 경험을 구축하지 못했습니다. 그 경험은 체코어가 약해지도록 내버려 둬서 마침내 그것이 한낱 유럽의 방언으로 축소되게 하느냐 — 더불어 체코 문화가 한낱 민속으로 축소되게 하느냐 —, 아니면 그럼으로써 허용되는 모든 것 덕분에 유럽 민족이 되느냐

중에서 하나를 영구적으로 선택하는 것으로 요약됩니다.

실질적인 생존을 보장하는 것은 바로 이 두 번째 선택 뿐이었습니다. 그런 생존은 19세기 내내 에너지의 대부분을 중등교육에서부터 백과사전 편찬에 이르기까지 자신의 기반을 구축하는 데 쏟아부은 민족에게 대체로 가혹했다 할 수 있습니다. 그런데 20세기 초, 특히 양차 대전 사이에 우리는 체코의 전 역사에 걸쳐 유례를 찾지 못할 문화의 비약적 발전을 목격했습니다. 이십 년이라는 기간에 일군의 재능 있는 사람들이 창작에 몸을 바쳤고, 그들은 그 짧은 기간에 코메니우스[8] 이래 처음으로 체코 문화의 특수성을 유지하면서도 그것을 유럽 수준으로 끌어올리는 데 성공했습니다.

이 주요 시기, 너무나 짧고 강렬해서 우리가 여전히 향수를 느끼는 이 시기는 그러나 성인기라기보다는 청소년기와 닮았습니다. 걸음마 단계에 불과했기에 체코 문학은 대체로 서정적인 성격을 지녔고, 오랫동안 지속되는 평화로운 세월만큼 이 발전에 필요한 것은 없었습니다. 이 시기, 처음엔 군대의 진주에 의해, 그 후로는 스탈린주의에 의해 거의 4반세기에 걸쳐 그처럼 연약했던 문화의 발전

---

8 Jan Amos Komenský(1592~1670). 17세기 체코의 철학자, 신학자, 교육자. (옮긴이)

을 무력화하고 전 세계로부터 체코 문화를 고립시키고 체코 문화가 가진 다양한 정신적 전통들의 중요성을 감소시키고 그 문화를 한낱 프로파간다의 지위로 격하시킨 것, 그것은 또다시 그리고 이번에는 결정적으로 체코 민족을 유럽의 문화적 변방으로 좌천시킬 하나의 비극이었습니다. 몇 년 전부터 체코 문화가 활력을 되찾았고, 지금은 성공적인 주요 활동 분야가 되어 훌륭한 작품들이 대거 탄생한 예컨대 체코 영화 같은 몇몇 예술들이 황금기를 구가하고 있는 것은 최근 몇 년간 체코 현실에서 가장 눈에 띄는 현상입니다.

그런데, 우리 나라는 이 모든 것을 제대로 인식하고 있는 걸까요? 양차 대전 사이라는 우리 문학의 이 기념비적 청년기를 되살릴 수 있으리라는 것, 그런 일이 국가를 위해 아주 좋은 기회가 된다는 걸 이해하고 있을까요? 문화의 운명이 국가의 운명을 좌우한다는 점을 우리 나라는 알고 있을까요? 아니면, 강력한 문화적 가치 없이는 한 민족의 생존이 보장될 수 없다고 한 체코 부흥 지도자들의 말을 묵살해 버리고 만 걸까요?

체코 민족의 부활 이후 우리 사회에서 문화의 역할은 아마도 변한 듯하고, 오늘날 우리는 민족 차원의 억압에 노출될 위험은 더 이상 겪지 않습니다. 하지만 저는 문화가 예전 못지않게 우리의 민족 정체성을 확인시켜 주고 보존하는 데 도움이 된다고 생각합니다. 20세기 후반기 들어 광범위한 통합주의적 전망이 열렸습니다. 처음으로 인류는 공동의 역사를 탄생시키기 위해 함께 노력했습니다. 작은 단위들이 연합하여 더 큰 단위를 이룹니다. 서로 손을 잡음으로써 국제 문화 협력이 집중적으로 이루어지고 있습니다. 관광은 대중적 현상이 되고 있습니다. 그 결과, 세계적인 몇몇 주요 언어들의 역할이 증대되고 모든 생활이 국제화함에 따라, 약소 언어의 비중은 점점 더 줄어들고 있습니다. 조금 전에 저는 벨기에의 플랑드르 출신 연극인과 이야기를 나눴습니다. 그는 플랑드르어가 위협받고 있으며, 플랑드르 지식인층이 2개 국어 사용자가 되어 자신의 모어보다도 국제적인 학문과 접촉하는 데 도움이 되는 영어를 선호하기 시작했다고 불평했습니다. 이런 상황 속에서 약소 민족들은 오로지 그들의 언어가 지닌 문화적 역량과 그 언어의 도움으로 생성된 가치의 독자적 특성을 통해서만 언어와 주권을 보호할 수 있습니다. 분명히, 플젠 맥주 역시 하나의 가치입니다. 그렇지만 사람들은 어디서나 '필스너 우르켈'이라는 이름을 한 플젠 맥주를 마십니다. 아니, 플젠 맥주라고 부른다 해서 그것이 체코인들의 요구에 부응하여 그 언어를 보존하게 하

는 건 아닙니다. 향후 통합을 거듭하는 이 세계는 백오십
년 전에 우리가 선택했던 그 삶을 해명하라고 노골적으로
아주 당당하게 우리에게 요구할 테고, 왜 그런 선택을 했
는지 그 이유에 대해 우리에게 질문할 것입니다.

체코 사회 전체가 체코의 문화와 문학이 갖는 본질적
역할을 충분히 인식하는 일이 무엇보다 중요합니다. 체코
문학은, 이것 또한 하나의 특수성인데, 귀족적 성격이 극
히 적습니다. 그것은 국민 대다수에게 밀착된 서민 문학
입니다. 이런 사실은 체코 문학의 힘과 약점을 동시에 드
러냅니다. 체코 문학의 힘은 문학의 발언이 강하게 울려
퍼질 수 있는 확고한 배후 지지 기반을 지니고 있다는 점
에 있고, 약점은 문학이 불충분하게 해방되었기에 그것이
긴밀하게 의존하고 있는 체코 사회의 교육 수준과 도량,
그리고 혹시나 드러날지도 모를 교양 결핍에 있습니다.
가끔 저는 우리 체코의 고전 연구자들과 민족 부흥 지도
자들이 그토록 중요하게 여긴 이 유럽적 특성을 우리 현
대 교육이 놓치고 있는 건 아닌지 걱정스럽습니다. 고대
그리스 로마 문명과 기독교. 스스로 팽창함으로써 긴장을
유발하는 유럽 정신의 이 두 근원은 이제 체코의 청년 지
식인의 의식에서 거의 자취를 감췄습니다. 문제는, 그것
이 대체 불가한 상실이라는 점입니다. 그런데 온갖 정신

의 혁명을 겪고도 살아남은 유럽의 사유 속에는, 즉 어휘, 학술어, 알레고리, 신화, 그리고 또 그에 대해 통달하지 않으면 유럽의 지식인들이 서로 이해할 수 없는, 지켜야 할 명분들을 구축했던 사유 속에는 한 가지 견고한 연속성이 존재합니다. 방금 전 저는 장차 체코어를 가르칠 이들의 유럽 문학 지식 수준에 관한 답답한 보고서를 읽었습니다. 그들이 세계사에 관해 얼마나 해박한지는 무시하려합니다. 지방적 특성은 우리 문학이 지향하는 특성일 뿐아니라 특히 사회 전체의 삶과 교육, 저널리즘 등과 연관된 문제이기도 합니다. 최근에 저는 영화 한 편을 보았습니다. 「데이지즈」[9]라는 영화인데, 자신들의 귀여운 정신적 편협성을 몹시 자랑스레 여기고 자신들의 이해의 지평을 넘어서는 것은 뭐든 즐겁고 유쾌하게 때려 부수는 놀랍도록 막 돼먹은 두 소녀의 이야기를 다룬 영화입니다. 그 영화에서 저는 매우 광범위한 반달리즘의 알레고리와 미묘한 현실의 알레고리를 본 것 같습니다. 문화 예술 파괴자는 누구일까요? 아니요, 홧김에 부유한 지주의 집에 불을 지르는 일자무식의 농부는 절대 아닙니다. 제가 마

---

[9]　체코의 아방가르드 영화 감독 베라 히틸로바의 1966년 작 코미디 영화. 체코 뉴 웨이브 영화의 대표작 중 하나이다. 원제목은 데이지 꽃을 뜻하는 「세드미크라스키Sedmikrásky」이고, 영어 제목이 「데이지즈」이다. (옮긴이)

주치는 문화 예술 파괴자들은 모두 스스로에게 만족하는 식자들이고, 상당히 괜찮은 사회적 지위를 누리고 있으며, 어느 누군가에게 특별히 유감을 갖지도 않습니다. 문화 예술을 파괴하는 것은, 스스로에게 만족하면서 언제라도 자신의 권리를 요구할 준비가 되어 있는, 자만에 찬 편협한 정신입니다. 이처럼 오만한 정신적 편협함을 지닌 사람은 세상을 자신의 모습에 맞추는 힘이 양도할 수 없는 권리에 속한다고 생각하며, 세상 대부분이 그로서는 이해하기 힘든 것으로 구성되어 있음을 고려하건대 그 세상을 파괴함으로써 그것을 자신의 모습에 맞추려 합니다. 따라서 한 청소년이 공원에 있는 조각상의 머리를 잘라낸다면 그건 그 조각상이 모욕적이게도 인간으로서 자신의 본질을 넘어서기 때문입니다. 그리고 모든 자기 확증 행위는 인간에게 만족을 가져다주기에 그는 머리를 잘라내며 몹시 기뻐하는 것입니다. 맥락화되지 않은 자신의 현재만을 살아가는 사람들, 역사적 연속성에 무지하고 교양이 부족한 사람들은 조국을 역사도 기억도 메아리도 없고 모든 아름다움을 결여한 사막으로 변화시킬 수 있습니다. 현대의 반달리즘은 단순히 법률적으로 비난받아 마땅한 모습만 띠진 않습니다. 어떤 시민 위원회가, 혹은 많은 서류 담당 관리들이 어떤 조각상이(어떤 성채, 어떤 교회, 백 년

된 참나무가) 무가치하다고 선언하고 그것을 제거하기로 할 때, 그것은 또 다른 형태의 반달리즘입니다. 파괴와 금지 사이에 차이가 없듯이 합법적 파괴와 불법 파괴 사이에는 큰 차이가 없습니다. 최근에 한 국회의원이 21인의 대표로 구성된 단체의 이름으로 두 편의 중요한, 이해하기가 쉽지 않은 영화의 상영 금지를 요청했는데, 그중에 「데이지즈」라는 그 반달리즘에 대한 알레고리가 포함되어 있으니 이 얼마나 아이러니입니까! 국회의원은 부끄러운 줄도 모르고 그 두 편의 영화를 공격했고, 그의 말을 그대로 옮기자면, 자신이 그것을 이해하지 못했다고 뻔뻔스레 인정했습니다. 그의 말에 담긴 모순은 그저 자명할 뿐입니다. 그 두 편의 영화에 덮어씌워진 가장 큰 죄는 바로 그 영화들이 판관들의 이해의 지평을 넘어섬으로써 그들을 모욕했다는 점입니다.

엘베시우스에게 보내는 편지에 볼테르는 다음과 같은 멋진 문장을 썼습니다. "나는 당신이 하는 말에 동의하지 않지만, 당신이 그렇게 말할 권리를 가질 수 있도록 끝까지 싸울 것이다."[10] 이 말에는 우리 근대 문화의 기본적인 도덕 원칙이 표명되어 있습니다. 이런 원칙 이전의 역사

---

10   쿤데라는 이 문장을 볼테르가 쓴 것으로 보고 있지만, 정말 볼테르 자신이 쓴 문장인지는 진위를 알 수 없다. (옮긴이)

로 퇴행하는 자는 계몽주의를 떠나 중세로 회귀하는 것입니다. 잘못된 견해에 대한 가혹한 탄압을 포함한 어떤 의견에 대한 탄압은, 어떤 탄압이든 사실상 진실에 대한 역행, 즉 자유롭고 차별 없는 의견들을 견주어 볼 때 비로소 발견되는 그러한 진실에 대한 역행입니다. 사상과 표현의 자유에 대한 간섭은 어떤 간섭이든 — 검열의 방식과 명칭이 무엇이든 — 20세기에는 파렴치한 행위이며, 아울러 한창 끓어오르고 있는 우리 문학에는 커다란 부담으로 작용합니다.

한 가지 사실은 이론의 여지가 없습니다. 오늘날 우리 예술이 번창하는 것은 바로 정신의 자유가 진전된 덕분입니다. 체코 문학의 운명은 이제 그 자유의 정도에 긴밀하게 의존하고 있습니다. 제가 알기로, 자유를 언급하면 화를 내고, 사회주의 문학의 자유에는 한계가 있어야 한다면서 항변하기 시작하는 사람들이 있습니다. 모든 자유에 한계가 있다는 말은 명백한 사실이며, 그 한계는 지식의 상황, 편견의 규모, 교육 수준 등에 의해 결정됩니다. 그렇지만 어떤 새로운 진보의 시대도 자체의 한계에 의해 규정된 적이 없었습니다! 르네상스도 그것이 가진 합리주의의 편협한 천진난만함 — 그것은 훗날이 되어서야 비로소 두드러질 뿐입니다 — 이 아니라, 이전의 한계로부터 합리주의적으로 해방됨으로써 스스로를 규정했습니다. 낭만주의는 고전주의적 정전(政典)을 초월함으로써, 그리고 낡은 한계들을 뛰어넘고 난 후에야 파악이 가능해진 새로운 질료를 가지고 스스로를 규정했습니다. 마찬가지 방식으로, 사회주의 문학이라는 용어는 그것이 똑같은 해방을 달성하지 못하는 한 긍정적인 의미를 얻지 못할 것입니다.

그런데 우리 나라는, 한계를 초월하기보다는 옹호하는 데 더 굳건한 의지를 지속적으로 보이고 있습니다. 다양한 정치 및 사회 상황이 정신적 자유에 관한 여러 가지 제약을 정당화하는 데 쓰이고 있습니다. 하지만 참된 정치란 지금 당장의 이익보다 본질적인 이익을 중시하는 정치입니다. 그리고 체코 민족에게는 체코 문화의 위대함이야말로 이런 본질적인 이익을 충실히 표현하고 있는 것입니다.

오늘날 체코 문화가 밝은 전망을 앞두고 있는 만큼, 그 말은 더욱더 사실에 부합합니다. 19세기에 체코 민족은 세계사의 변방에서 살았습니다. 금세기 우리는 세계사의 중심에 위치해 있습니다. 잘 아는 바와 같이, 역사의 중심에서의 삶이란 쉬운 것이 아닙니다. 그렇지만 예술이라는 마법의 토양에서는 고통이 창조의 자원으로 변모합니다. 그 토양에서는 스탈린주의라는 쓰라린 경험조차 기이한 만큼이나 강력한 성공의 수단이 됩니다. 저는 사람들이 파시즘과 공산주의를 동일선상에 놓는 게 마음에 들지 않습니다. 콤플렉스를 벗어던진 반인본주의에 기초한 파시즘은 도덕의 차원에서는 비교적 단순한 상황을 낳았습니다. 그 자체가 인본주의적 원칙과 덕성의 안티테제로서 생겨났기 때문에, 파시즘은 그런 원칙과 덕성에는 손을 대지 않았습니다. 반면 스탈린주의는, 스탈린이 그 사실에 격분했음에도 불구하고, 원래의 입장, 사상, 슬로건, 약속 및 꿈을 상당수 간직할 수 있었던 거대한 인본주의 운동의 계승자였습니다. 이 인본주의 운동이 인간의 모든 덕성을 휩쓸어가는 움직임으로, 인류애를 인간에 대한 잔인성으로, 진실에 대한 애정을 밀고 따위로 변모시키는 정반대의 움직임으로 변모하는 광경을 보게 되면, 인간의 가치와 덕성의 토대 자체에 대해 생각지도 못했던 전망을 갖게 됩니다. 역사란 무엇이고, 역사 속에서 인간의 위치는 무엇입니까, 간단히 말해서 인간이란 무엇입니까? 여러분은 이런 경험 이전과 이후에 똑같은 방식으로 이 모든 질문에 답할 수 없습니다. 처음 그런 경험을 했을 때와 동일한 모습으로 그것에서 벗어난 사람은 아무도 없습니다. 하기야, 스탈린주의만 문제가 아닙니다. 민주주의, 파시즘의 굴레, 스탈린주의 및 사회주의 사이에서 체코 민

족이 경험한 편력(아주 복잡한 민족적 환경에 의해 불행해진 역사)
은 20세기 역사의 모든 중대 요소를 재현하고 있습니다.
그런 사실로 인해 우리는 우리와 동일한 여로를 통과하지
않은 사람들보다 더 분별 있는 질문들을 할 수 있게 되고,
더 많은 의미가 담긴 신화들을 창조할 수 있게 되는지도
모릅니다.

　금세기 내내 아마 우리 민족은 다른 수많은 민족들보
다 더 많은 시련을 겪었을 것입니다. 그러니 체코의 민족
성이 깨어 있었다면, 아마도 지금은 그런 시련들에 대해
더 많이 알고 있을 것입니다. 이런 엄청난 경험은 과거의
낡은 한계로부터의 해방이자 인간과 그 운명에 관한 지식
의 현재적 한계로부터의 초월로 변화할 수 있을 테고, 그
리하여 체코 문화에 의미를, 위대함과 성숙함을 부여해
줄 것입니다. 아마도 지금 당장은 그저 행운만이, 가능성
만이 문제일 테지만, 최근 수년간 창작된 많은 작품은 이
같은 행운이 따르는 현실을 보여주고 있습니다.

　그럼에도 저는 다시 한번 이렇게 자문합니다. 우리 국
가는 이런 행운을 인식하고 있는가? 그 행운이 찾아왔음
을 알고 있는가? 이런 역사적 호기는 두 번 찾아오지 않는
다는 점을 알고 있는가? 이런 기회를 날려 버린다면 체코
민족을 위한 20세기를 결국 망치게 되리라는 걸 알고 있

는가?

"널리 알려진 바와 같이 체코 작가들은 체코 민족이 죽음을 피할 수 있게 했고, 체코 민족을 깨어나게 했고, 민족 스스로 노력해 고상한 목표를 지향하도록 했다." 팔라츠키는 이렇게 쓴 적이 있습니다. 체코 민족의 생존마저 주요 책임으로 지고 있는 이들이 바로 체코 작가들입니다. 오늘날까지도 그러한데, 체코 민족 생존 문제에 대한 답이 체코 문학의 품질, 즉 그것이 위대한가 편협한가, 용감한가 비굴한가, 지역에 머무르고 말 성질의 것인가 아니면 전 세계적 영향력을 갖고 있는가에 달려 있기 때문입니다.

그런데, 이런 체코 민족의 생존이 그만한 가치가 있는 것일까요? 체코어의 생존, 그것 역시 그만한 가치가 있는 걸까요? 체코 민족의 현대적 삶 근저에 놓였던 이러한 중요한 질문들은 여전히 결정적인 답을 기다리고 있습니다. 그러니까 고루함이나 반달리즘이나 무교양이나 편협함, 그 어느 것으로든 현재의 문화적 영향력을 방해하는 사람은 체코 민족의 생존마저 방해하게 될 것입니다.

체코어 번역, 마르틴 다네시(Martin Daneš)

납치된 서유럽

피에르 노라(Pierre Nora, 1931~)

프랑스의 역사학자. 프랑스 고등사회과학원(EHESS) 교수로 연구 및 강의를 했으며, 2001년 아카데미 프랑세즈 회원으로 선임되었다. 1970년대부터 '새로운 역사학'의 기치 아래 프랑스 역사학의 방법론을 쇄신했다. 1980년 철학자인 마르셀 고셰와 함께 갈리마르 출판사에서 지식층을 상대로 한 격월간지 《데바(Le Débat)》를 창간했다.

1983년 11월 《데바》지(27호)에 실린 뒤 곧바로 대부분의 유럽 언어로 번역된 이 글은 짧은 분량에도 불구하고 유례없는 영향을 미쳤다. 20페이지 분량의 이 글은 동유럽에서는 독일과 러시아에서 촉발된 토론과 논쟁 등으로 넘쳐나는 반응을 일으켰다. 또한 서유럽에서는, 자크 루프니크의 표현에 따르면, 1989년 이전 "유럽에 관한 마인드맵을 다시 그리게 만드는 데" 기여했다. 과연 이 글에는 어떤 폭발적인 내용이 담겨 있었던 것일까?

서유럽이 중앙 유럽을 그저 동유럽권의 한 부분으로만 보고 있던 시절에 쿤데라는 중앙 유럽이 그 문화에 의해 온전히 서유럽에 속하고 있다는 점, 역사적, 정치적 생존이 제대로 보장되지 않는 "약소 민족들"의 경우(폴란드, 헝가리, 체코슬로바키아), 문화는 그들 정체성의 성역이었고 지금도 성역으로 남아 있다는 점을 서유럽을 향해 소리 높여 외쳤다.

교양을 쌓는 개인적인 과정에서 1960년대 체코슬로바키아의 예술, 문학, 영화의 부흥에 크게 영향을 받은 쿤데라는 그런 문화의 활력 속에서 프라하의 봄이 준비되는 방식을 보았다. 그가 본 것은 엘리트들의 전유물이 아니라 그것을 중심으로 민족이 재집결하는 생생한 가치로서의 문화였다. 그는 1956년의 '기념비적인' 헝가리 혁명과 1956년, 1968년, 1970년의 폴란드에서의 봉기들[11]을 언급하며 중앙 유럽 전체의 문화유산으로까지 생각을 확장했다. "중앙 유럽, 최소 공간 속에 최대의 다양성"이라는 게 그의 생각이었다.

중앙 유럽의 비극은 서유럽의 비극이기도 하지만, 서유럽은 그것을 검토하려 하지 않고 심지어는 중앙 유럽의 실종을 알아차리지도 못했다. 서유럽이 중앙 유럽 실종의 파급력을 헤아리지 않는 이유는 이제 서유럽이 스스로를

---

11   1956년 포즈난 봉기, 1968년 학생 운동, 1970년 그단스크 노동자 봉기를 가리킨다. (옮긴이)

중앙 유럽과 동일한 문화적 차원에 속해 있다고 생각하지 않기 때문이다. 중앙 유럽의 동질성은 중세엔 기독교에, 그리고 근대엔 계몽사상에 토대를 두고 있었다. 그런데 지금은 어떠한가? 그 동질성은 시장 및 정보 기술에 관련된 오락으로서의 문화로 대체되었다. 그렇다면 유럽 통합 계획에는 어떤 의미를 부여해야 할까?

이 글의 가치는 그것이 가진 설득력뿐 아니라 대단히 개인적이고 고뇌에 찬 저자의 목소리에서도 비롯된다. 그것은 당시 가장 위대한 유럽 작가 중 한 사람의 것으로 인정받은 목소리다.

「납치된 서유럽」은 1987년 자신의 저서 『사유의 패배(La défaite de la pensée)』에서 유고슬라비아 전쟁 당시의 "약소 민족들"을 옹호하고 같은 해에 《유럽 메신저(Le Messager européen)》라는 저널을 창간한 알랭 핑켈크로트[12] 같은 프랑스 지식인 조직 속에서도 결정적인 역할을 했다. 더 은밀하게는, 이 글은 사람들에게 유럽을 동유럽 국가들로까지 확장하도록 마음의 준비를 하게 했다. 누가 알겠는가? 중앙 유럽 국가들이 자신의 역사 유산과 문화 정체성을 견지하려는 결심을 하는 데 이 글의 막연한 영향

---

[12] Alain Finkielkraut (1949~). 프랑스의 작가이자 철학자. 라디오 방송 프로듀서. (옮긴이)

력이 아직도 강력한 효력을 미치고 있는 것은 아닐까.

피에르 노라

납치된 서유럽

혹은 중앙 유럽의 비극

1983년

]

1956년 9월, 헝가리 통신사의 편집부장은 포격으로 자신의 사무실이 파괴되기 몇 분 전, 당일 아침 개시된 러시아의 부다페스트 침공에 관한 절망적인 메시지를 전 세계로 타전했다. 급전은 "우리는 헝가리를 위해, 그리고 유럽을 위해 죽을 것이다."라는 말로 끝을 맺었다.

이 문장은 무슨 의미였을까? 물론 러시아 전차들이 헝가리를, 그리고 그와 더불어 유럽을 위험에 빠뜨리고 있다는 의미였을 것이다. 그런데 어떤 의미에서 유럽이 위험에 처한 것일까? 러시아 전차들이 서유럽 방향으로 헝가리 국경을 넘으려는 참이었던 것일까? 그렇지 않다. 헝가리 통신사 편집부장의 말은, 바로 헝가리 안의 유럽이 표적이 되고 있다는 의미였다. 그는 헝가리가 헝가리로 남고 유럽으로 남아 있게 하기 위해 죽을 각오가 되어 있었다.

비록 의미는 명백해 보이더라도 우리는 계속해서 그 문장이 신경 쓰인다. 사실 이곳 프랑스와 미국에서는, 당시 문제가 되었던 것이 헝가리도 유럽도 아니었고 단지 정치 체제였다는 생각에 익숙하다. 위협을 받은 대상이 헝가리 그 자체인 것 같지는 않은데 자신의 죽음에 직면한 헝가리인이 왜 생뚱맞게 유럽을 호명했는지는 여전히 잘 이해되지 않는다. 공산주의의 탄압을 고발하면서 솔제니친은 죽음을 불사할 만한 근본적인 가치로서 유럽을 내세우고 있는가?

그렇지 않다. "조국을 위해, 유럽을 위해 죽는다."는 말은 모스크바에서도 레닌그라드에서도 생각할 수 없는 말이다. 하지만 정확히 부다페스트나 바르샤바에서는 가능하다.

2

　과연 헝가리인, 체코인, 폴란드인에게 유럽이란 무엇인가? 애초부터 이들 민족은 로마 기독교에 뿌리를 둔 유럽 일부에 속해 있었다. 이 세 민족은 유럽 역사의 모든 국면에 관여했다. 그들에게 '유럽'이라는 말은 지리적 현상이 아니라 정신적 개념을 뜻하며, 그것은 곧 '서유럽'이라는 말과 동의어이다. 헝가리가 더 이상 유럽이 아닌 순간, 다시 말해 서유럽이 아닌 순간 헝가리는 저 자신의 운명 너머로, 저 자신의 역사 너머로 추방된다. 자기 정체성의 본질 자체를 상실하는 것이다.

　지리적 유럽(대서양에서 우랄산맥에 이르는 유럽)은 언제나 제각각 발전해 온 두 개의 반쪽으로 구분되었다. 하나는 고대 로마와 가톨릭교회에 연결되고(특징적 표지는 라틴 문자이다.), 다른 하나는 비잔틴과 정교회에 뿌리를 두고 있다 (특징적 표지는 키릴 문자이다.). 1945년 이후 이 두 유럽 사이의 경계가 수백 킬로미터 서쪽으로 이동했고, 언제나 자신을 서유럽인이라 생각해 온 몇몇 민족들은 어느 날 잠에서 깨어나면서 자신이 동유럽에 속해 있음을 알게 되었다.

　따라서, 전쟁 이후 유럽에서는 세 가지 기본적인 입장이 형성되었다. 서유럽의 입장, 동유럽의 입장, 그리고 가장 복잡한 것으로, 지리적으로는 중부에 위치하고 문화적으로는 서유럽에 정치적으로는 동유럽에 속해 있는 중앙유럽의 입장이 그것이다.

내가 중앙 유럽이라 부르는 유럽의 이 모순적 입장을 보면 왜 삼십오 년 전부터 유럽의 비극이 그곳에 집중되고 있는지 이해할 수 있다. 그곳에서는 1956년 피비린내 나는 대학살이 뒤따랐던 장엄한 헝가리 혁명이 있었고, 1968년에는 '프라하의 봄'과 체코슬로바키아 점령이 있었으며, 1956년, 1968년, 1970년에는 폴란드에서 일어난 봉기들 및 근년의 봉기가 있었다. 비극적인 내용으로 보나 역사적 영향력으로 보나, 서유럽에서든 동유럽에서든 지리적으로 유럽에서 일어나는 사건은 어느 것도 중부 유럽에서 일어난 이 같은 일련의 저항들[13]과 비교가 불가능하

---

13 이러한 저항들에 1953년의 베를린 노동자 폭동을 포함시킬 수 있을까? 그렇기도 하고 아니기도 하다. 동독의 운명은 특수한 성격을 갖고 있다. 폴란드의 경우 두 개의 폴란드는 존재하지 않는다. 반면에 동독은 민족의 생존이 전혀 위협받지 않는 독일의 일부분일 뿐이다. 그 일부분은 러시아인들의 수중에 떨어진 인질 역할을 하고 있으며, 그 인질에 대해 서독과 소비에트 사회주의 공화국 연방은 매우 특별한 정책을 편다. 그 정책은 중앙 유럽 민족들에게는 적용되지 않고 있는데, 언젠가는 그들 민족이 비용을 치르고 시행될 것이라 생각된다. 아마도 그것이 동독인들과 여타 민족들 사이에 자발적으로 교감이 이루어지지 않는 이유일 것이다. 바르샤바 조약 기구 다섯 나라의 군대가 체코슬로바키아를 점령했을 때 사람들은 그것을 제대로 목격했다. 러시아인, 불가리아인, 동독인들은 가공할 만한 두려움의 대상이었다. 반면 자신들이 점령에 동의

다. 이런 저항 하나하나는 거의 민족 전체의 지지를 받았다. 러시아의 지원이 없었다면 그곳 국가들의 체제는 세 시간 이상 버티지 못했을 것이다. 그럼에도 프라하나 바르샤바에서 일어난 사건은 그 본질에서 동유럽, 소비에트 블록, 공산주의의 비극이라기보다는 정확히 말해 중앙 유럽의 비극이라 할 수 있다.

하기야 온 국민의 지지를 받은 이런 저항은 러시아에서라면 상상할 수도 없는 일이다. 그런데 모든 사람이 알고 있는 바와 같이 공산주의 블록에서 가장 안정적인 국가인 불가리아에서조차 그런 저항은 상상할 수가 없다. 왜일까? 그 이유는, 불가리아는 애초부터 정교회에 의해 동유럽 문화에 소속되어 있기 때문이다. 게다가 정교회 초기 선교사들은 불가리아인들이었다. 그러므로 최근 전쟁의 결과들이 불가리아인들에게 하나의 정치적 변화, 그것도 중대하고 유감스러운 변화(그곳은 부다페스트 못지않게

하지 않는다는 것을 보여주기 위해 가능한 모든 수단을 동원하고 단호하게 점령을 방해했던 폴란드인, 헝가리인 들에 관해서라면 10여 가지 이야기는 할 수 있을 듯하다. 폴란드−헝가리−체코의 이러한 결탁에 더해 당시 오스트리아가 체코인들에게 제공했던 그야말로 열정적인 도움과, 그리고 유고슬라비아 민족을 사로잡은 반(反)소련의 분노를 추가한다면, 체코슬로바키아 점령은 중앙 유럽이라는 전통적 지역을 놀라울 정도로 분명히 그리고 단숨에 주목받게 했음을 확인하게 된다.

인권이 무시되고 있다.)를 의미하는 건 틀림없지만 체코인, 폴란드인, 헝가리인들이 느끼는 그런 문화 충격을 의미하지는 않는다.

3

한 민족 또는 한 문명의 정체성은 흔히 '문화'라 불리는 정신적 창조물의 총체 속에 반영되고 요약된다. 그 정체성이 치명적으로 위협을 받으면 문화 생활이 제고되고 고취되며, 문화는 그 주위로 민족 전체가 재규합하는 생생한 가치가 된다. 중앙 유럽에서 일어난 모든 저항에서 문화적 기억과 동시대 창작물이 어떤 곳에서도, 그리고 어떤 유럽의 민중 봉기에서도 결코 볼 수 없었던 중요하고도 결정적인 역할을 한 것은 바로 이런 이유 때문이다.[14] 헝가리

---

14   외부 관찰자로서는 그 모순을 이해하기가 어렵다. 1945년 이후의 시대는 중앙 유럽의 가장 비극적인 시대이며 동시에 그곳 문화사에서 가장 위대한 시기 중 하나이기도 하기 때문이다. 망명 중이었든(곰브로비치, 미워시), 지하에서 은밀히 행한 창작의 형식으로든(1968년 이후의 체코슬로바키아), 혹은 어찌 되었든지 여론의 압력에 어쩔 수 없이 굴복한 당국이 묵인한 활동으로서든 이 기간에 그곳에서 탄생한 영화, 소설, 연극, 철학은 유럽에서 탄생한 창작물의 총합에 버금가는 가치를 지닌다.

에서는 낭만주의 시인 페퇴피[15]의 이름을 내건 모임에 결집한 작가들이 대규모 비판적 성찰에 시동을 걸었고, 그리하여 1956년의 폭발을 준비했다. 프라하의 봄이라는 절대 자유주의적 해방에 수년간 열심이었던 것은 연극, 영화, 문학, 철학이었다. 1968년에 저 유명한 폴란드 대학생 봉기를 촉발한 것은 폴란드의 가장 위대한 낭만주의 시인 미츠키에비치의 극 작품에 내려진 상연 금지 조치였다. 이처럼 문화와 삶, 창작물과 민족의 행복한 결합은 중앙 유럽에서 일어난 독특한 아름다움을 가진 저항의 특징이었고, 그것을 경험한 우리로서는 영원히 그 아름다움에 매혹당할 수밖에 없다.

그 말이 지닌 가장 깊은 의미에서 내가 가장 아름답다고 생각하는 것을 독일이나 프랑스 지식인은 오히려 미심쩍다고 생각한다. 독일이나 프랑스 지식인은, 이런 저항들이 문화로부터 지나치게 큰 영향을 받으면 그 저항은 진정한 것일 수 없고, 진짜로 민중적인 게 아니라고 여긴다. 이상한 일이긴 하지만 어떤 사람들에게 문화와 민족은 서로 양립할 수 없는 두 개념이다. 그들이 보기에 문화라는 개념은 특권 엘리트 계층의 이미지와 뒤섞인다. 그

---

15   페퇴피 샨도르(Petöfi Sándor, 1823~1849). 헝가리의 국민 시인. (옮긴이)

렇기 때문에 그들은 앞서 말한 봉기들보다는 '연대' 운동을 더욱 호의적으로 받아들였다. 그렇지만 이러니저러니 해도 '연대' 운동은 본질이라는 면에서 봉기들과 구분되지 않는다. '연대' 운동은 봉기의 정점일 뿐이다. 그것은 민족과 국가 문화 전통과의 결합, 즉 공격당하거나 무시되거나 핍박받던 문화 전통과의 가장 완벽한(가장 완벽하게 조직된) 결합인 것이다.

4

누군가는 내게 이렇게 말할 수도 있겠다. 중앙 유럽 국가들이 위기에 처한 자신의 정체성을 옹호하고 있다고 가정하더라도, 그것이 그들의 입장을 그렇게 특별하게 만들어 주지는 못한다고. 러시아도 비슷한 처지에 놓여 있다. 러시아 역시 자신의 정체성을 잃어 가는 중이다. 사실 이들 민족에게서 그들의 본질을 박탈하는 것은 러시아가 아니라 공산주의이며, 더군다나 러시아 민족은 그 첫 번째 희생자이기도 하다. 물론 러시아어가 제국 내 다른 민족들의 언어를 질식시키고는 있지만, 그것은 러시아인들이 타민족을 러시아화하고 싶어서가 아니라, 극도로 비민족적, 반민족적, 초민족적인 소비에트 관료주의가 국가를 통합하기 위한 기술적 도구를 필요로 하기 때문이다.

나는 이런 논리가 이해가 되고, 또한 증오의 대상인 공산주의와 그들이 사랑하는 조국이 혼동될 수 있다는 생각에 괴로워하는 러시아인들의 예민함이 이해가 간다.

하지만 양차 대전 사이의 짧은 기간을 빼놓고는 조국이 두 세기 전부터 러시아에 예속되어 있고, 그 기간 내내 집요하고도 가차 없는 러시아화를 감내해 온 폴란드 민족 또한 이해해야 한다.

서유럽의 동쪽 경계선, 즉 중앙 유럽에서는 언제나 러시아 세력의 위험에 더 민감한 반응을 보여 왔다. 폴란드인들만 그런 게 아니었다. 위대한 역사가이자 19세기 체코의 가장 대표적인 정치인이었던 프란티셰크 팔라츠키는 1848년 프랑크푸르트 혁명 의회에 저 유명한 편지를 썼다. 그 편지에서 그는 "오늘날 광대한 땅을 갖고 있고 어떤 서유럽 국가보다 세를 크게 불리고 있는 강대국" 러시아에 대항할 유일한 방벽으로서 합스부르크 제국의 존재를 정당화했다. 팔라츠키는 "세계의 군주국"이 되기를 꾀하는 러시아, 다시 말해 세계 지배를 갈망하는 러시아의 제국주의적 야심에 대해 경고한다. 그는 말한다. "세계의 군주국 러시아는 엄청나게 크고 형언하기 힘든 불행, 도를 넘어 끝이 없는 불행이 될 것이다."

팔라츠키에 따르면, 중앙 유럽은 서로 존중하면서 공동으로 뭉친 강력한 국가의 보호 아래 제각기 다양한 특성을 살릴 평등한 민족들의 중심이 되었어야 했다. 비록 제대로 실현된 적은 없지만 중앙 유럽의 모든 위대한 인물들이 공유했던 이 꿈은, 그럼에도 여전히 강력했고 영향력이 있었다. 중앙 유럽은 유럽과 유럽의 다양한 풍요의 응축된 이미지, 매우 유럽적인 소(小)유럽, 즉 최소의 공간에 최대의 다양성이라는 규칙에 따라 잉태된 민족들의 축소화한 유럽이라는 모델이고자 했다. 그런 중앙 유럽의 코앞에서 최대 공간에 최소의 다양성이라는 정반대의 규칙을 내세운 러시아에게 어떻게 중앙 유럽이 공포를 느끼지 않을 수 있었겠는가?

그야말로 획일적이고, 균일화를 지향하고, 중앙집권적이며, 제국의 모든 민족(우크라이나 민족, 벨라루스 민족, 아르메니아 민족, 라트비아 민족, 리투아니아 민족 등)을 가공할 정도로 러시아 민족이라는 단 하나의 민족으로(혹은, 오늘날처럼 용어의 기만이 보편화된 시대에 말하는 식으로 하자면, 단 하나의 소비에트 민족으로) 변화시킨 러시아보다 중앙 유럽에, 그리고 그곳의 다양성에 대한 애정에 더 무관심한 국가는 없었다.

그런데, 공산주의는 러시아 역사에 대한 부정일까, 아

니면 오히려 그것의 실현일까?

그것은 분명 러시아 역사에 대한 부정(가령 러시아가 지닌 종교적 심성에 대한 부정)인 동시에 실현(러시아의 중앙집권적 성향과 제국주의적 꿈의 실현)이다.

러시아 국내로만 보자면, 첫 번째 양상인 불연속성이 더 눈에 띈다. 예속된 국가들의 관점에서 보자면 두 번째 양상인 연속성이 더욱 뚜렷하게 느껴진다.[16]

5

그런데 내가 너무 단호하게 러시아를 서유럽 문명에 대립시키고 있는 것은 아닌가? 비록 서유럽과 동유럽으로 구분되긴 하지만, 결국 유럽은 고대 그리스와 유대-기독교 사상에 뿌리를 둔 단 하나의 실체 아니던가.

당연히 그렇다. 머나먼 고대의 뿌리는 러시아와 우리

---

16 레셰크 코와코프스키는 이렇게 말한다.(《문학 연구》, 제2호, 파리, 1983) "나도 솔제니친과 마찬가지로 소비에트 체제가 압제적 성격이라는 면에서는 러시아 제정 시대를 뛰어넘었다고 생각하지만…… 나의 선조들이 끔찍한 조건 속에서 대항해서 싸웠고, 죽음을 맞았고, 고문을 당했으며, 굴욕을 감내했던 그 체제를 이상화시키는 데까지 나아가지는 않으련다……. 내가 보기에 솔제니친은 러시아 제정 시대를 이상화하는 경향이 있는 듯한데, 나로서도 그렇고 아마 어떤 다른 폴란드인도 그런 경향을 받아들일 수 없을 거라 생각한다."

를 묶어 두고 있다. 게다가 19세기 내내 러시아는 유럽에 다가왔다. 러시아와 유럽은 서로 매혹되어 있었다. 릴케는 러시아를 자신의 정신적 조국이라 공언했고, 지금도 유럽 공동의 문화와 따로 떼어 생각할 수 없는 러시아 장편 소설의 영향력에서 어느 누구도 벗어나지 못했다.

그렇다, 이 모든 것이 사실이고, 두 유럽 간의 문화적 결합은 대단한 추억으로 남을 것이다.[17] 하지만 그에 못지않게 러시아 공산주의가 러시아의 오랜 반(反)서유럽적 강박을 강력하게 일깨웠고, 서유럽 역사로부터 러시아를 급격하게 분리시켰다는 것 역시 사실이다.

다시 한번 더 강조하고 싶은 것은, 서유럽의 동쪽 경계에서는 다른 어느 곳에서보다도 러시아가 반서유럽으로 인식된다는 점이다. 그곳에서 러시아는 유럽의 다른 많은 강대국 중 하나일 뿐 아니라 특이한 문명처럼, 다른 문명

---

17   러시아와 서유럽 간의 가장 아름다운 결합은 스트라빈스키의 작품이다. 그는 서유럽 음악 천 년의 역사 전체를 요약하며, 그와 동시에 그의 음악적 상상력에 의해 아주 러시아적이다. 또 하나의 탁월한 결속은 중앙 유럽에서, 중요한 친러시아파 인물인 레오시 야나체크가 작곡한 두 편의 멋진 오페라에서 실현되었다. 하나는 오스트롭스키의 작품을 원작으로 한 것(「카티아 카바노바」, 1924)이고, 다른 하나는 내가 정말 감탄하는 작품인데, 도스토옙스키의 소설을 원작으로 한 것(「죽은 자의 집으로부터」, 1928)이다. 하지만 이 오페라들이 러시아에서는 공연된 적이 없었고 그런 작품들이 있다는 것 자체가 그곳에 알려지지 않았다는 사실은 시사하는 바가 매우 크다. 공산주의 러시아는 서유럽과의 강혼(降婚)을 거부하는 것이다.

처럼 보인다.

체스와프 미워시는 자신의 책 『또 하나의 유럽』에서 이에 대해 썼다. 16세기와 17세기에 모스크바인들은 폴란드인들 눈에는 "야만인들"로 보인다. "우리는 멀리 떨어진 국경에서 그들과 싸웠다. 우리는 특별히 그들에게 관심을 두지 않았다……. 폴란드인들에게 '바깥쪽에' 위치한, 즉 세상 밖에 위치한 러시아라는 인식이 생겨난 것은 바로 그들이 동쪽에서 단지 텅 빈 땅밖에 만나지 못했던 그 시대부터이다."[18]

다른 세계를 떠올리게 하는 사람들은 "야만인"처럼 보인다. 폴란드인들에게 러시아인들은 언제나 다른 세계를 상징한다. 카지미에시 브란디스는 이런 재미있는 이야기를 한다. 한 폴란드 작가가 러시아의 위대한 여성 시인 안나 아흐마토바를 만났다. 폴란드 작가는 자신이 처한 상황에 대해 불평을 늘어놓았다. 자신의 모든 작품들이 금지되었다는 것이었다. 안나가 그에게 물었다. "당신은 투

---

18 노벨상조차 미워시에 대한 유럽 출판들의 어처구니없는 무관심을 흔들어 놓지 못했다. 결국 그는 당대에 주요 인물이 되기에는 너무나 섬세하고 너무나 위대한 시인인 것이다. 내가 인용문을 발췌하고 있는 그의 시론집 『얽매인 사유』(1953)와 『또 하나의 유럽』(1959)은 러시아 공산주의와 그들의 '서유럽을 향한 갈망(Drang nach West)'에 대한, 선악의 이분법적 분석이 아닌 최초의 섬세한 분석들이다.

옥되었었나요?" 폴란드 작가는 아니라고 대답했다. "최소한 작가 연맹에서 추방되었겠군요?" 아니라고 했다. "그렇다면 뭐가 불만이세요?" 아흐마토바는 진심으로 의아해했다.

그리고 브란디스는 해석을 덧붙인다. "러시아인의 위로는 그런 식이다. 러시아의 운명과 비교해 볼 때 그들에게 제대로 끔찍해 보이는 것은 아무것도 없다. 그러나 이런 위로는 아무 의미가 없다. 러시아의 운명은 우리의 의식 속에 있지 않다. 그것은 우리와 아무런 관계가 없다. 러시아의 운명에 대해 우리는 책임이 없다. 그것은 우리에게 영향을 미치지만, 우리의 유산은 아니다. 러시아 문학에 대한 나의 태도 역시 그와 같았다. 러시아 문학은 나를 질겁하게 했다. 오늘날까지도 나는 고골의 몇몇 단편 소설, 그리고 살티코프 셰드린이 쓴 모든 글에 공포를 느끼곤 한다. 나는 그들의 세상을 알고 싶지 않고, 그것이 존재한다는 걸 알고 싶지 않다."[19]

고골에 관한 말들은 물론 고골이 이룬 예술에 대한 거

---

19 나는 폴란드어 제목이 『월(月)들』이고 영어 제목이 『바르샤바 일기』인 브란디스 책의 영역 원고를 단숨에 읽었다. 여러분이 표면적인 정치적 주해에 머물러 있고 싶지 않다면, 그리고 폴란드 비극의 본질을 꿰뚫고 싶다면 이 대단한 책을 놓치지 말기 바란다!

부가 아니라 그 예술이 상기시키는 세계에 대한 공포를 표현한 것이다. 그 세계는 멀리 떨어져 있을 때는 우리를 매혹하고 우리를 끌어당긴다. 그런데 가까이서 우리를 둘러싸게 되면 엄청난 기이함을 고스란히 드러낸다. 그 세계는 다른 차원(더 큰 차원)의 불행을, 다른 이미지의 공간(너무나 광대해서 온 민족이 그 속에서 길을 잃는 공간)을, 다른 리듬(느리고 진득한 리듬)의 시간을, 다른 방식의 웃음, 삶, 죽음을 지니고 있다.[20]

바로 그런 이유로 내가 중앙 유럽이라 부르는 유럽은 1945년 이후 제 운명의 변화를 정치적 대재앙으로, 그뿐 아니라 제 문명에 대한 문제 제기로도 느끼고 있다. 그들의 항쟁에 담긴 속뜻은 정체성을 지키자는 것이다. 다른 말로 하자면 자신의 서유럽적 특성을 수호하자는 것이다.

---

20 특이한 문명으로서의 러시아에 관해 내가 읽어 본 중 가장 멋지고 가장 명확한 텍스트는 시오랑의 「러시아와 자유 바이러스(La Russie et le virus de la liberté)」로, 그의 저서 『역사와 유토피아(Histoire et utopie)』(1960)에 실려 있다. 「존재의 유혹(La Tentation d'exsister)」(1956)에는 러시아와 유럽에 관한 또 다른 탁월한 사유들이 실려 있다. 내가 보기에 시오랑은 유럽에 관해 시대에 뒤떨어진 질문을 여전히 대량으로 제기하고 있는 보기 드문 사상가들 중 한 사람이다. 게다가 그는 프랑스 작가 시오랑으로서가 아니라 "구성되었다가 사라지고, 완벽하게 조직되었다가 침몰당하는"(『존재의 유혹』) 나라 루마니아 출신의 중앙 유럽 사람 시오랑으로서 문제를 제기한다. 침몰당한 유럽에서만 유럽을 생각하는 것이다.

6

사람들은 러시아 위성 국가들의 체제에 관해 더 이상 환상을 품지 않는다. 그런데 그들은 그 위성 국가들이 겪은 비극의 본질을 잊고 있다. 그 비극의 본질은, 그 국가들이 서유럽 지도에서 사라져 버렸다는 것이다.

이런 비극적 국면이 거의 눈에 띄지 않고 있었다는 점을 어떻게 설명해야 할까?

그 문제는 가장 먼저 중앙 유럽 자체를 검토함으로써 설명할 수 있다.

폴란드인, 체코인, 헝가리인은 파란만장하고도 분열된 역사를, 그리고 유럽의 주요 민족들의 것보다 더 취약하고 더 단속적인 국가 전통을 지녀 왔다. 한쪽으로는 독일인, 다른 쪽으로는 러시아인에 꼼짝 못 하고 끼어 있는 이 민족들은 생존과 언어가 걸린 싸움 속에서 너무나 많은 힘을 소진했다. 유럽적 의식 속으로 여유 있게 스며들 힘이 없기 때문에, 게다가 기이하고 접근하기 힘든 언어의 장막 뒤에 숨어 있기 때문에, 이 민족들은 서유럽에서 가장 덜 알려지고 가장 허약한 부분으로 남아 있었다.

오스트리아 제국은 중앙 유럽에 강력한 국가를 건설할 호기를 맞았다. 하지만 애석하게도, 오스트리아인들은 대(大)독일이라는 오만한 민족주의와 중앙 유럽인으로서 자신의 역할 사이에서 분열했다. 그들은 평등한 민족들로 구성된 연방 국가 설립에 성공하지 못했고, 그 실패는 유럽 전체에 재난이 되었다. 불만에 찬 다른 중앙 유럽 민족들은, 비록 결함이 있더라도 제국이 다른 것으로 대체될 수 없다는 점을 이해하지 못한 채 1918년에 제국을 분열시켰다. 그리하여 제1차 세계 대전 이후로 중앙 유럽은 공격받기 쉬운 '약소국' 지대로 변모했고, 그 무력함으로 인해 히틀러의 초기 정복과 스탈린의 최종 승리가 가능해졌다. 아마도 유럽인의 집단 무의식 속에서 이들 약소국들은 혼란을 유발하는 위험한 이들로 연상될 것이다.

결국 내가 훗날 "슬라브 세계 이데올로기"라고 부르게 될 무언가 속에서 마침내 나는 중앙 유럽의 잘못을 목격한다. 내가 "이데올로기"라고 부르는 것은 적절한데, 그것이 19세기에 조작된 정치적 속임수에 불과하기 때문이다. 체코인들은 (그들의 가장 대표적인 인사들이 내린 엄중한 경고에도 불구하고) 독일인의 공격성에 어수룩하게 저항하면서도 그 이데올로기를 앞세워 협박하길 좋아했다. 반면 러시아인들은 그들의 제국주의적 목표에 정당성을 부여하기 위해 자주 그 이데올로기를 이용했다. "러시아인들은 훗날 슬라브적인 모든 것을 러시아적이라고 부르기 위해 러시아 적인 모든 것을 슬라브적이라 부르기 좋아한다." 체코의 위대한 작가 카렐 하블리체크[21]는 1844년에 이미 소리 높 여 외쳤으며, 자국민에게 그들의 어리석고 비현실적인 친 러시아 성향에 대해 경고한 바 있었다. 친러시아 성향이 비현실적인 이유는, 천 년의 역사가 흐르는 동안 체코인 들이 러시아와 직접 접촉한 적이 전혀 없었기 때문이다. 비록 언어학적 공통점이 있다 해도 체코인들이 러시아인 들과 더불어 공동의 세계, 공동의 역사, 공동의 문화를 만

---

21 카렐 하블리체크 보로프스키가 1843년 러시아를 향해 길을 떠났을 때, 그의 나 이 22세였다. 그는 러시아에서 일 년을 머물렀다. 그는 열렬한 친슬라브파로 서 러시아에 도착했지만 그곳에서 빠르게 가장 엄격한 러시아 비판자들 중 하 나가 되었다. 그는 편지와 기사로 자신의 견해를 밝혔는데, 그것들은 훗날 한 권의 작은 책으로 묶였다. 그것들은 아스톨프 드 퀴스틴의 편지들과 거의 같 은 해에 쓰인 또 다른 "러시아에서 온 편지들"이었다. 그 편지들은 프랑스인 여 행자 퀴스틴(Astolphe de Custine, 1790~1857. 프랑스의 귀족이자 여행 작 가로 『1839년의 러시아』를 썼다.—옮긴이)의 판단들과 일치한다. (그 유사성 들이 대체로 재미있다. 퀴스틴: "당신 아들이 프랑스에 불만스러워 한다면 내 충고를 따르세요. 그에게 러시아로 가라고 말하세요. 러시아를 속속들이 경험 한 사람은 타지에서의 삶에 영원히 만족할 겁니다." 하블리체크: "당신이 진 정 체코인들을 도와주고 싶다면, 그들의 모스크바 여행 경비를 대주세요!") 평 민이면서 체코의 애국자인 하블리체크는 러시아에 대한 혐오가 담긴 선입견 이나 편견을 갖고 있다고 의심할 수 없는 만큼 더욱 그 유사성은 중요하다. 하블리체크는 그가 팔라츠키와 특히 마사리크(Tomáš Garrigue Masaryk, 1850~1937. 체코슬로바키아의 초대 대통령이자 철학자, 교육학자, 언론 인.—옮긴이)에게 끼친 영향력으로 보건대, 진정으로 19세기 체코 정치를 대표 하는 인물이다.

든 적이 없었다. 반면 폴란드인들과 러시아인들의 관계는 영원한 갈등 관계일 뿐이었다.

육십여 년 전 조지프 콘래드라는 이름으로 잘 알려진 유제프 콘라트 코르제니오프스키는, 그가 폴란드 출신이라는 이유로 사람들이 그와 그의 책들에 즐겨 붙인 '슬라브 정신'이라는 분류표에 분노하며 다음과 같이 썼다. "정신적 구속에 대한 의협심과 개인의 권리에 대한 극단적 존중심을 가지는 폴란드인의 기질에 비춰볼 때, 문단 사람들이 '슬라브 정신'이라고 부르는 것보다 더 생소한 것은 아무것도 없다."(그것이 얼마나 잘 이해되던지! 나 역시도 이런 미심쩍은 심층에 대한 예찬보다, 사람들이 '슬라브 정신'이라고 부르며 때때로 내게 부여하기도 하는 이 요란스럽기도 하고 무의미한 감상보다 더 터무니없는 것을 알지 못한다![22])

22 「이방인으로 살기(How to be an Alien)」이라는 제목의 재미있는 소책자가 있는데, 그 책의 「영혼과 절제」라는 소제목이 붙은 장(章)에서 저자는 슬라브 정신에 대해 말하고 있다. "최악의 부류에 속하는 정신은 위대한 슬라브 정신이다. 그 정신의 소유자들은 대개 심오한 사상가들이다. 그들은 예컨대 이렇게 말하기를 즐긴다. '나는 아주 즐거울 때가 있고 아주 슬플 때가 있다. 당신은 그것을 내게 어떻게 설명할 수 있는가?'라거나, 아니면 '나는 너무나 불가사의하다. 나에겐 지금의 나 자신이 아니라 누군가 다른 사람이 되고 싶은 순간들이 있다.'라거나, '한밤중에 홀로 숲에 있을 때, 이 나무 저 나무를 뛰어다닐 때, 나는 종종 인생이란 알 수 없는 거라는 생각이 든다.'라고."
누가 감히 위대한 슬라브 정신을 비웃는가? 당연히, 헝가리 출신인 위 책의 저자 조지 마이크스(George Mikes, 1912~1984. 헝가리 태생의 영국 언론인이 그럼에도 슬라브 세계라는 개념은 세계의 모든 역사 저술에서 상투적인 것이 되었다.[23] 이른바 그 '세계'(물론 슬라브어를 쓰지 않음에도 불쌍한 헝가리인과 루마니아인 역시 여기에 포함된다. 하지만 누가 그처럼 세세한 내용에 관심을 가지겠는가?)를 통합시킨 1945년 이후 유럽의 분열은, 그리하여 거의 자연스러운 해결책으로 보일 수 있었다.

7

그렇다면 서유럽이 중앙 유럽의 실종을 자각조차 하지 못한 것은 중앙 유럽의 잘못인가?

반드시 그런 것만은 아니다. 20세기 초 중앙 유럽은 정치적 취약성에도 불구하고 중요한, 아마도 가장 중요한 문화 중심지가 되었다. 그런 관점에서 빈의 중요성이 오

자 작가.―옮긴이)이다. 슬라브 정신이 터무니없어 보이는 곳은 오직 중앙 유럽밖에 없다.

23   예를 들어 플레야드 백과사전 총서의 『세계사』를 펴보라. 여러분은 같은 장(章) 내에서 가톨릭교회 개혁자 얀 후스를 만나게 될 것이다. 그런데 그 장에서 그는 루터와 함께 있는 것이 아니라 뇌제 이반 4세와 함께 있다! 여러분이 헝가리에 대한 주요 텍스트를 찾아보아도 허사일 것이다. 헝가리인들은 "슬라브 세계" 속에 분류될 수 없기 때문에 유럽 지도 위에서 헝가리인들의 자리는 없다.

늘날 잘 알려져 있긴 하지만, 또 한편으로 창의성을 통해 중앙 유럽 문화 전반에 기여한 다른 나라와 도시들이라는 배경을 빼놓고는 이 오스트리아 수도의 독창성을 생각할 수 없다는 점은 아무리 강조해도 지나치지 않다. 쇤베르크 학파가 십이음 기법 체계를 확립했다면, 내가 보기에 20세기의 가장 위대한 음악가 두세 명 중 한 사람인 헝가리의 벨러 버르토크는 그 이상으로 음계이론에 기반을 둔 음악의 참신한 가능성을 발견했다. 프라하는 카프카와 하셰크의 작품으로 빈의 무질과 브로흐의 작품에 필적하는 위대한 소설을 창조했다. 비독일어권 국가들의 문화적 역동성은 1918년 이후 더욱 고조되었고, 그때 프라하는 프라하 언어학회와 구조주의 사상을 주창하여 세상에 내놓았다.[24] 폴란드에서는 곰브로비치, 슐츠, 비트키에비치라

---

24 사실 구조주의 사상은 프라하 언어학회에서 1920년대 말경에 태어났다. 프라하 언어 학회는 체코, 러시아, 독일 및 폴란드 학자들로 구성되어 있었다. 이렇게 매우 국제적인 환경 속에서 1930년대에 얀 무카로조프스키가 구조주의 미학을 창안했다. 프라하 구조주의는 19세기 체코의 형식주의에 조직적으로 뿌리를 내리고 있었다.(중앙 유럽에서는 형식주의 경향이 다른 곳에서보다 더 강했는데, 내가 보기에는 그곳에서 음악이, 그리고 본질적으로 '형식주의적인' 음악 이론이 차지하고 있는 위치 덕분인 듯하다.) 러시아 형식주의의 최근 활기에 영감을 받긴 했지만 무카로조프스키는 그것이 가진 일면적인 특성을 완전히 넘어섰다. 구조주의자들은 프라하 아방가르드 시인 및 화가들과 동맹자였다.(그럼으로써 결합을 예상했고, 그 결합은 삼십 년 후 프랑스에서 이루어졌다). 자신들의 영향력을 통해 구조주의자들은 현대 예술이 있는 곳이면 어디서

는 위대한 삼인조가 1950년대 유럽의 모더니즘, 특히 부조리 연극을 예고했다.

한 가지 의문이 생긴다. 이 모든 거대한 폭발적 창조력이 단지 지리적 우연의 일치였을까? 아니면 오랜 전통, 과거에 뿌리를 둔 것일까? 달리 말하면, 중앙 유럽을 자체의 역사를 가진 진정한 문화 집단이라 할 수 있을까? 만일 그런 집단이 존재한다면 그것은 지리학상으로 규정이 가능할까? 그 경계는 무엇일까?

그 경계를 정확하게 규정하려 해 봤자 쓸데없는 일일 것이다. 중앙 유럽은 하나의 국가가 아니라 하나의 문화 또는 하나의 운명이기 때문이다. 그곳의 경계는 가상의 경계이며, 새로운 역사적 상황이 일어날 때마다 그어지고 다시 그어져야 한다.

예를 들어, 이미 14세기 중엽 카렐 대학교는 각자 자신의 언어를 사용할 권리가 있는 다국적 공동체라는 착상의 씨앗을 이미 내포한 채 프라하에서 체코, 오스트리아, 바이에른, 작센, 폴란드, 리투아니아, 헝가리, 그리고 루마니아의 지식인들(교수와 학생들)을 규합했다. 실제로, 당시

나 동반되는 엄밀하게 이데올로기적인 해석으로부터 아방가르드 예술을 보호했다. 무카로조프스키의 저작은 전 세계에 알려졌지만 프랑스에서는 출판되지 않았다.

헝가리어와 루마니아어로 된 최초의 성서 번역본들이 출현한 것은 바로 이 대학의 간접적인 영향(종교개혁가 얀 후스가 이 대학의 학장이었다.)을 받아서였다.

여타의 상황들이 그 뒤를 이었다. 후스주의 혁명, 마티아스 코르비누스 시절 헝가리 왕국에서 번성한 르네상스의 국제적인 영향력, 보헤미아와 헝가리와 오스트리아, 이 세 독립국의 동군연합(同君聯合)으로서의 합스부르크 제국의 형성, 대(對) 튀르크 전쟁, 17세기의 반(反)종교 개혁이 그것들이다. 이 17세기에 바로크 예술의 만개에 힘입어 중앙 유럽 문화의 특성이 화려하게 다시 떠오른다. 바로크 예술은 잘츠부르크에서 빌뉴스[25]에 이르는 광대한 중앙 유럽 지역을 하나로 묶는다. 그러자 유럽 지도에서 바로크적인(비합리의 우세와 조형 예술과 특히 음악의 지배적 역할이 특징인) 중앙 유럽은 고전주의적인(합리적인 것의 우세와 문학 및 철학의 지배적 역할이 특징인) 프랑스의 대척점이 되었다. 중앙 유럽의 음악, 즉 하이든에서 쇤베르크까지, 리스트에서 버르토크까지, 그 자체에 모든 유럽 음악의 진화를 응축하고 있는 음악의 놀라운 비상(飛上)의 뿌리가 이 바로크 시대에 있다.

25   리투아니아의 수도. 옛 이름은 빌나. (옮긴이)

19세기의 민족 갈등(폴란드인, 헝가리인, 체코인, 크로아티아인, 슬로베니아인, 루마니아인, 유대인의 민족 갈등)은 각각의 민족들을 서로 대립시켰다. 그들 민족은 비록 굳게 결속되어 있지 않고 고립되어 있으며 각기 자기 안에 갇혀 있긴 하지만, 그럼에도 크나큰 공동의 실존적 체험을 겪고 있었다. 자신의 존재와 비존재 사이에서, 다시 말해 본래의 민족으로서 살아가느냐 더 강대한 민족에 동화되느냐의 사이에서 하나를 선택하는 민족의 체험 말이다.

심지어는 합스부르크 제국의 지배 민족인 오스트리아인들까지도 이런 선택의 필연성을 모면할 수 없었다. 그들은 오스트리아인으로서의 정체성과 독일이라는 가장 큰 단위로의 융합 사이에서 선택해야만 했다. 유대인들 역시 이 문제를 피할 수 없었다. 동화를 거부함으로써, 게다가 중앙 유럽에서 탄생하기도 한 유대주의는 모든 중앙 유럽 민족들이 밟았던 길만을 따랐다.

20세기에 들어서 다른 상황들이 목격되었다. 합스부르크 제국이 붕괴했고, 러시아가 영토를 병합했고, 그리고 장기간에 걸쳐 중앙 유럽에서 폭동이 일어났는데, 그 폭동들은 미지의 해결책을 두고 벌이는 큰 금액이 걸린 도박에 불과하다.

따라서 중앙 유럽 전체를 규정하고 한정하는 것은 정

치적 국경들(정당성이 결여되어 있고, 언제나 침략과 정복, 그리고 점령에 의해 강요되는)일 수 없고 민족들을 결집시키고 언제나 또 다르게 재편성하는 중요한 공통의 상황들인바, 가상의 것이며 늘 가변적인 국경 속에는, 그 국경의 안쪽에는 동일한 기억, 동일한 경험, 동일한 전통 사회가 존속하고 있다.

8

지크문트 프로이트의 부모는 폴란드 출신이었지만, 아들 지크문트는 에드문트 후설과 구스타프 말러와 마찬가지로 내 고향인 모라비아에서 유년 시절을 보냈다. 빈의 소설가 요제프 로트도 폴란드 출신이었다. 체코의 위대한 시인 율리우스 제이에르는 프라하의 독일어권 가정에서 태어나 스스로 체코어를 선택했다. 반면, 헤르만 카프카의 모국어는 체코어였지만 그의 아들 프란츠는 전적으로 독일어를 선택했다. 작가 티보르 데리는 1956년 헝가리 혁명의 핵심 인물로 게르만-헝가리 가정 출신이었고, 내가 아끼는 탁월한 소설가 다닐로 키슈는 헝가리-유고슬라비아 출신이다. 가장 걸출한 인물들에게 어찌 그리

복잡하기 짝이 없는 민족적 운명이 부여되었는지!

그런데 내가 방금 언급한 사람들은 모두 유대인이다. 정말이지 이 세계에서 유대인 천재가 깊이 흔적을 남기지 않은 곳은 한 군데도 없다. 어디서나 이방인이자 전 세계가 조국이며, 민족 갈등을 초월하여 교육받았기에, 20세기의 유대인들은 중앙 유럽의 범세계적 통합에서 핵심적 역할을 하는 이들이요, 중앙 유럽의 지적 유대, 중앙 유럽 정신의 응축, 중앙 유럽의 정신적 단일성을 창시한 이들이었다. 그래서 나는 그들을 좋아하고, 마치 나 자신의 개인적 유산이기라도 한 듯 정열적으로, 그리고 애틋한 마음으로, 그들이 남긴 유산을 소중히 여긴다.

내가 유대 민족을 그처럼 귀하게 여기는 이유가 또 하나 있다. 내 생각에 유대 민족의 운명은 중앙 유럽의 운명을 집약하여 반영하고, 그 운명의 상징적 이미지 역할을 하는 것 같다. 중앙 유럽이란 무엇인가? 중앙 유럽은 러시아와 독일 사이의 확정되지 않은 약소 민족 지역이다. 나는 약소 민족이라는 말을 강조한다. 사실, 유대 민족이 약소 민족이 아니라면, 그것도 대표적인 약소 민족이 아니라면 무엇이겠는가? 그들은 모든 시대의 모든 약소 민족 중에서 제국들의 멸망 이후에도 살아남은, '역사'의 파괴적 행보에서 살아남은 유일한 민족이다.

그런데 약소 민족이란 무엇인가? 여러분에게 나 나름의 정의를 제안한다. 약소 민족이란 언제든 그 존재가 위태로워질 수 있고 소멸할 수 있는 민족, 그리고 그런 사실을 알고 있는 민족이다. 프랑스인, 러시아인, 영국인은 제민족의 생존에 대해 스스로 문제를 제기하지 않는다. 그들의 국가(國歌)에는 오로지 위대함과 영원함에 대한 내용뿐이다. 반면 폴란드 국가는 "폴란드는 아직 멸망하지 않았다……."라는 가사로 시작된다.

약소 민족의 중심지인 중앙 유럽에는 자체의 세계관이 존재한다. 그것은 '역사'에 대한 깊은 불신에 토대를 둔 세계관이다. 헤겔과 마르크스의 여신이며, 우리를 판단하고 심판하는 '이성'의 구현으로서의 '역사'는 승리자들의 '역사'다. 그런데 중앙 유럽 민족들은 승리자가 아니다. 그들은 유럽 '역사'와 분리 불가능하며 유럽 '역사' 없이 존재할 수 없을 테지만, 다만 그 '역사'의 이면과, 그 이면에 의한 희생자와 아웃사이더로 대표될 뿐이다. 중앙 유럽 민족의 문화와 지혜에서, 그리고 권세와 영예에 아랑속하지 않는 그들의 "비(非)엄숙 성향"에서 보이는 특이성은 바로 그들이 역사적으로 겪은 환멸의 경험에 뿌리를 두고 있다. "오직 그 자체로서의 '역사'에 저항함으로써 우리는 오늘날의 역사에 대항할 수 있다는 사실을 잊지 말자." 비

톨트 곰브로비치가 했던 이 말을 나는 중앙 유럽의 정문에 새겨 넣고 싶다.[26]

"아직 멸망하지 않은" 이 약소 민족 지역에서 왜 유럽의 취약성이, 전 유럽의 취약성이 다른 곳에서보다 더 분명하게, 더 일찍 드러났는지 그 이유는 이상과 같다. 정말이지, 영향력이 몇몇 강대국에게 점점 더 집중되는 경향을 보이는 우리 현대 세계에서는, 유럽의 모든 민족들이 머지않아 약소 민족이 되고 그런 약소 민족의 운명을 겪을 위험이 있다. 이런 의미에서 중앙 유럽의 운명은 유럽 전반의 운명을 예고하는 것으로 보이며, 중앙 유럽의 문화는 단숨에 놀라운 시사성을 획득한다.

이는 가장 뛰어난 중앙 유럽 소설들을 읽어보면 분명히 알 수 있다.[27] 헤르만 브로흐의 『몽유병자들』에서 '역

26　'중앙 유럽의 세계관'에 관해 내가 읽은 두 권의 책을 나는 높이 평가한다. 그 중 한 권은 더 문학적인 책으로 제목은 『중앙 유럽: 일화와 역사(L'Europe Centrale: l'anecdote et l'histoire)』이며 작자 미상(조제프 K.라는 서명이 들어 있다.)으로 프라하에서는 타자기로 친 판본이 유통되고 있다. 다른 한 권은 더 철학적인 책으로 제목은 『생명의 세계: 정치적 문제(Il mondo della vita: un problema politico)』이다. 저자는 제노바 출신의 철학자 바츨라프 벨로라드스키이다. 베르디에 출판사에서 프랑스어로 출간된 이 책은 크게 주목할 만하다. 미시간 대학교에서 발간하는 아주 중요한 저널 《혼류(混流), 중앙 유럽 문화 연감(Cross Currents, a Yearbook of Central European Culture)》에서는 일 년 전부터 중앙 유럽에 대한 문제 제기가 진행되고 있다.

27　오래전부터 줄곧 중앙 유럽 소설을 원용하고 있는 프랑스 작가(그에게 중앙 유

사'는 가치 하락의 과정으로 나타난다. 로베르트 무질의 『특성 없는 남자』는 행복한 사회를 그리고 있는데, 그 사회는 내일이면 자신이 사라진다는 것을 알지 못하는 사회다. 야로슬라프 하셰크의 『세계대전 중의 용감한 병사 슈베이크의 운명』에서는 천치인 척 가장하는 것이 자신의 자유를 지킬 최후의 가능성으로 그려진다. 카프카의 비현실적 환영들은 기억을 상실한 세계, 즉 역사 시대 이후의 세계를 우리에게 이야기한다. 20세기 이후 오늘날까지 중앙 유럽의 모든 위대한 작품은 유럽인의 종말 가능성에 관한 오랜 성찰로 이해할 수 있을 것이다.

9

오늘날 중앙 유럽은 러시아에 예속되어 있다. 예외적으로 약소국 오스트리아는 필연에 의해서라기보다는 운이 좋아서 독립을 지켰지만, 중앙 유럽의 분위기에서 떨어져 나와 자신의 특성 대부분과 중요성 전부를 상실하고

럽 소설은 빈 소설가들의 작품으로 한정되는 게 아니라 체코와 폴란드 소설 역시 포함된다.)가 파스칼 레네이다. 그에 관해 그가 한 흥미로운 이야기들은 그의 인터뷰집 『감히 말하자면(Si j'ose dire)』(메르퀴르 드 프랑스)에 실려 있다.

있다. 중앙 유럽의 문화 중심지가 사라진 것은 분명히 서유럽 문명 전체에 관련된 금세기 최대 사건 중 하나였다. 그래서 나는 다시 묻는다. 어떻게 그 사건이 주의를 끌지 못하고 명명되지 않은 채로 남을 수 있었는가?

내 대답은 간단하다. 유럽은 자신의 위대한 문화 중심지가 사라졌음을 알아차리지 못했던 것이다. 그 까닭은 유럽이 더 이상 문화에서 자신의 단일성을 찾지 않기 때문이다.

과연 유럽의 단일성은 무엇에 토대를 두고 있는가?

중세에 유럽의 단일성은 공동의 종교에 토대를 두고 있었다.

근대에 들어 중세의 신이 '숨은 신(Deus absconditus)'으로 변모했을 때, 종교는 문화에 자리를 내주었고, 문화는 최고 가치들의 실현이 되었으며, 유럽인은 그 가치들에 의거해 자신을 이해하고 규정하며 그것들과 일체가 되었다.

그런데 20세기 들어 중세와 근대를 가르는 변화만큼이나 중요한 또 하나의 변화가 도래하는 것 같다. 과거에 신이 문화에 자리를 양도했듯이, 문화가 이제 자신의 자리를 내주고 있는 것이다.

하지만 무엇에, 그리고 누구에게 자리를 내주는가? 유럽 통합을 가능케 할 최고 가치들이 실현될 영역은 무엇인가? 기술적 업적? 시장? 미디어? (위대한 시인은 위대한 기자로 대체될까?) 아니면 정치? 그런데 어떤 정치인가? 우파 정치 아니면 좌파 정치? 어리석기도 하거니와 극복할 수 없는 이런 이원론을 초월한, 이해 가능한 공동의 이상이 아직도 존재하는가? 그것은 톨레랑스의 원칙, 즉 타인의 신앙과 사상에 대한 존중일까? 하지만 이러한 톨레랑스가 훌륭한 창작물과 영향력 있는 사상을 단 하나도 보호하지 못한다면, 그 톨레랑스는 무의미한, 아무짝에도 쓸모없는 것이 되지 않을까? 혹은, 문화의 책임 회피를 일종의 해방으로, 행복에 젖어 자신을 맡겨야 할 해방으로 이해할 수 있을까? 아니면 '숨은 신'이 돌아와 비어 있는 자리를 차지하고 제 모습을 드러내게 될까? 모르겠다, 아무것도 모르겠다. 나는 다만 문화가 자리에서 물러났다는 걸 알고 있다고 생각할 뿐이다.

헤르만 브로흐는 1930년대부터 이런 생각에 사로잡혔다. 예컨대 그는 이렇게 말했다. "회화는 완전히 비의적이고 미술관에만 관련된 일이 되었다. 회화에 대해, 또 회화의 문제점에 대해서는 이제 더 이상 관심이 존재하지 않고, 회화는 거의 지난 시대의 잔재가 되었다."

이런 말이 당시에는 놀라웠지만 오늘날엔 그렇지도 않다. 나는 지난 수년간 스스로 필요해서 간단한 조사를 진행하면서, 만나는 사람들에게 좋아하는 현대 화가가 누구인지를 별 뜻 없이 물어보았다. 내가 확인한 바로는, 좋아하는 현대 화가가 있는 사람이 하나도 없었으며 대부분은 현대 화가들의 이름조차 하나도 알지 못했다.

피카소와 마티스 세대가 살아 있던 삼십 년 전만 해도 상상할 수 없는 상황이다. 그사이 회화는 영향력을 상실하고 부수적인 활동이 되었다. 그 이유가 회화가 더 이상 훌륭하지 않기 때문일까? 아니면 우리가 회화에 대한 심미안과 감각을 잃었기 때문일까? 어찌 되었든 여러 시대의 양식을 창안하고, 수 세기에 걸쳐 유럽과 함께했던 미술이 우리 곁을 떠나거나 우리가 그것을 떠나고 있다는 것은 사실이다.

그러면, 시, 음악, 건축, 철학은 어떤가? 그것들 역시 유럽의 단일성을 만들어 낼 능력, 그 단일성의 토대가 될 능력을 상실했다. 이는 유럽인에게는 아프리카의 탈식민지화만큼이나 중요한 변화다.

10

프란츠 베르펠은 생애의 첫 삼 분의 일은 프라하에서,

다음 삼 분의 일은 빈에서, 마지막 세 번째 삼 분의 일은
망명지에서 보냈는데, 처음엔 프랑스였고 이후는 미국이
었다. 그것은 전형적인 중앙 유럽인의 생애였다. 1937년
에 그는 아내와 함께, 즉 죽은 말러의 부인이었던 그 유명
한 알마와 함께 파리에 왔다. 국제 연맹 산하의 지식 협력
기구로부터 '문학의 미래'를 주제로 한 학술 대회에 초청
을 받아서였다. 강연에서 베르펠은 히틀러의 전체주의뿐
아니라 일반적인 전체주의의 위험에 대해, 문화를 말살하
게 될 우리 시대의 이데올로기 및 저널리즘의 어리석음에
반대했다. 그는 자신이 보기에 끔찍한 과정에 제동을 걸
수 있으리라 여기는 한 가지를 제안함으로써 강연을 마쳤
는데, 그것은 시인과 사상가들로 이루어진 국제 아카데미
(Weltakademie der Dichter und Denker)를 설립하자는 것이
었다. 어떤 경우에도 그곳의 위원들은 국가에 의해 파견
된 이들이어서는 안 된다. 위원 선정은 오로지 그들 작품
의 가치에 따라 이뤄져야 한다. 세계 최고의 작가들인 위
원 수는 24명에서 40명 사이여야 한다. 이 아카데미의 임
무는 정치나 프로파간다와 무관하게 "세계의 정치화와
야만화에 대처"하는 일이 될 것이다. 이런 내용의 제안이
었다.

이 제안은 받아들여지지 않았을 뿐 아니라, 솔직히 말

해 조롱을 받았다. 물론 그 제안이 순진하기는 했다. 순진하기 짝이 없었다. 전적으로 정치화된 세계에서, 예술가와 사상가 모두가 이미 어쩔 수 없이 "참여된(engagés)" 세계에서 어떻게 그 같은 독립적인 아카데미를 설립한단 말인가? 그의 제안은 고매한 사람들이 모인 자리에서 웃음거리가 될 수밖에 없었다.

그러나 이 순진한 제안이 내게는 감동적으로 다가오는데, 이 제안이 가치를 상실한 세계에서 정신의 권위를 찾으려는 절망적 욕구를 드러내고 있기 때문이다. 그의 제안은 들리지 않는 문화의 목소리를, '시인과 사상가(Dichter und Denker)'의 목소리를 들려주려는 애틋한 소망이었다.[28]

---

28   베르펠의 강연 자체는 전혀 순진하지 않았고 시대에 뒤진 것도 아니었다. 그의 강연은 다른 강연, 즉 1935년 파리에서 열린, 문화 수호를 위한 국제 작가 회의에서 있었던 로베르트 무질의 강연을 떠올리게 한다. 베르펠과 마찬가지로 무질 역시 파시즘뿐 아니라 공산주의에서도 위험을 보고 있다. 그에게 문화 수호란 정치 투쟁에의 참여(당시 모든 사람들이 문화 수호를 그런 식으로 이해했다.)를 의미하기보다는 반대로 정치화의 어리석음에 대항하는 문화 보호에의 참여를 의미한다. 그들 두 사람은 기술과 미디어의 현대 세계 속에서 문화에 대한 기대가 크지 않음을 알아차리고 있다. 무질의 견해와 베르펠의 견해는 파리에서 상당히 푸대접을 받았다. 하지만 내 주변에서 참석하게 되는 모든 정치-문화 토론에서라면 나로서는 그들이 말한 내용에 거의 아무것도 덧붙일 게 없을 것이며, 그런 순간이면 나는 그들과 매우 결부된 느낌을, 어찌할 수 없을 정도로 나 자신이 중앙 유럽인이라는 느낌을 받는다.

내 기억 속에서 이 이야기는 어느 날 아침의 추억과 뒤섞인다. 그날 아침 체코의 유명한 철학자인 내 친구는 경찰로부터 아파트 수색을 당한 후 천여 페이지에 달하는 철학 원고를 압수당했다. 우리는 바로 그날 프라하의 거리를 산책했다. 그가 사는 흐라드차니에서 캄파 섬 쪽으로 내려갔고, 마네스 다리를 건넜다. 그는 농담을 하려 했다. 형사들이 꽤 난해한 철학 용어를 어떻게 해독할까? 하지만 아무리 농담을 해도 불안을 가라앉힐 수 없었고, 그 원고로 상징되는 십 년간에 걸친 연구의 상실을 수습할 수 없었다. 그 철학자 친구에게는 사본(寫本)이 하나도 없었던 것이다.

우리는 이 압수 사건을 국제적인 스캔들로 만들기 위해 외국으로 공개 서한을 보낼 수 있을지 가능성을 검토했다. 어떤 기관이나 정치인이 아니라 정치를 초월한 자리에 있는 유명 인사에게, 논란의 여지가 없는 인물에게, 유럽에서 널리 인정받는 가치를 상징하는 누군가에게 편지를 보내야 한다는 점은 분명했다. 그러니까 문화계 인사 말이다. 하지만 그런 인물이 어디 있을까?

갑자기, 우리는 그런 인물이 존재하지 않는다는 사실을 깨달았다. 그렇다, 위대한 화가, 극작가, 음악가는 있었지만, 그들은 유럽의 정신적 대표자로 받아들여질 만한 도덕적 권위자라는 특권적 지위를 사회에서 더 이상 차지하고 있지 못했다. 이제 문화는 최고의 가치가 실현되는 영역이 아니었던 것이다.

우리는 당시 내가 살고 있었던 구시가 광장 쪽으로 걸었고, 끝없는 고독을, 허탈감을, 문화가 천천히 사라지고 있는 유럽이라는 공간의 빈자리를 느꼈다.[29]

11

중앙 유럽 국가들이 스스로의 경험을 통해 간직한 서유럽에 대한 마지막 기억은 1918년에서 1938년까지의 기억이다. 그들은 역사상의 어떤 시대보다도 더 그 기간에 집착한다.(은밀하게 시행된 여론 조사들이 그런 사실을 입증한다.)

---

29 마침내, 한참의 망설임 끝에, 어쨌든 그는 그 편지를 장폴 사르트르에게 보냈다. 그렇다, 사르트르는 아직은 최후의 위대한 세계적 문화계 인사였다. 하지만 내가 보기에는 바로 그가, '참여'라는 그 자신이 만든 개념에 의해, 자율적이고 특유하며 다른 것으로 환원할 수 없는 힘으로서의 문화에 대한 포기의 이론적 토대를 놓은 사람이었다. 어찌 되었든 그는 《르몽드》에 글을 기고함으로써 내 친구의 편지에 신속하게 반응을 보였다. 이러한 개입이 없었더라도 경찰이 마침내(거의 일 년 후에) 철학자 친구에게 원고를 돌려주었을 것이라고는 생각하지 않는다. 사르트르의 장례식 날 프라하의 친구에 대한 추억이 갑자기 머리에 떠올랐다. 지금이라면 그의 편지는 수신자를 찾지 못했을 것이다.

따라서 그들이 지닌 서유럽의 이미지는 과거 서유럽의 이미지다. 즉, 문화가 아직까지는 완전히 제 자리를 넘겨주지 않았던 시절 서유럽의 이미지 말이다.

이런 의미에서 나는 한 가지 중요한 상황을 강조하고 싶다. 중앙 유럽의 저항 운동들은 신문, 라디오, 텔레비전, 다시 말해 미디어에 의해서 지속된 게 아니었다. 그것들은 소설, 시, 연극, 영화, 역사 저술, 문예지, 통속적인 희극 공연, 철학적 토론 들, 다시 말해 문화에 의해 준비되고 이행되고 실현되었다. 프랑스인이나 미국인에게 현대 서유럽의 이미지 자체와 혼동되는 매스미디어는 이 저항 운동들에서 아무 역할도 하지 못했다.(그것들은 철저히 국가에 예속돼 있었다.)[30]

그리하여, 러시아인들이 체코슬로바키아를 점령했을 때, 최초의 결과는 체코 문화 그 자체의 완전한 파괴였다. 그 파괴는 세 방향으로 진행되었다. 첫 번째로 그들은 저항의 중심을 파괴했다. 두 번째로 그들은 러시아 문화에 쉽게 흡수되도록 민족 정체성을 약화시켰다. 세 번째로

---

[30] 그럴지만 한 가지 유명한 예외를 언급해야 한다. 러시아의 체코 점령 초기에는, 라디오와 텔레비전이 지하 방송에 의해 대단히 주목할 만한 역할을 했다. 하지만 그때조차도 거기서 절대적인 영향력을 행사한 것은 여전히 문화 대표자들의 목소리였다.

그들은 근대 시대, 다시 말해 아직까지 문화가 최고 가치들의 실현을 뜻하던 시대를 거칠게 종결시켰다.

이 세 번째 결과가 내게는 가장 중요해 보인다. 사실 러시아 전체주의 문화는 근대 초기에 태어났던 그 모습 그대로의 서유럽, 사유하고 의심하는 자아에 토대를 두고, 독자적이고 모방할 수 없는 자아의 표현이라 여겨지는 문화 창조에 의해 특징 지어지는 서유럽에 대한 철저한 부정이다. 러시아의 침략은 체코슬로바키아를 "문화 이후"의 시대 속으로 던져 넣었고, 러시아 군대와 어디서나 볼 수 있는 국가 텔레비전 방송 앞에 체코슬로바키아를 무장 해제시키고 벌거벗겼다.

프라하 침공이라는 그 삼중으로 비극적인 사건에 더욱 마음이 흔들린 나는 프랑스로 건너왔고, 프랑스인 친구들에게 러시아 침공 이후 자행되었던 문화 대학살을 설명하려고 애를 썼다. "상상해 보세요! 문예지와 문화지(文化誌)들이 모두 정리되었다니까요! 몽땅 다, 예외 없이! 체코 역사에서 한 번도 일어난 적이 없는 일이에요, 심지어 전시 나치 점령 하에서도요!"

그런데 내 친구들은 어색한 모습으로 나를 쳐다보았고, 나는 그 모습의 의미를 나중에야 깨달았다. 사실, 체코슬로바키아에서 모든 저널들이 정리되었을 때, 전 국민은 그 사실을 알고 이 사태가 가져올 엄청난 파급력을 느끼며 불안감에 싸였다.[31] 프랑스나 영국에서는 모든 저널들이 자취를 감춘다고 해도 아무도 그 사실을 알아차리지 못할 것이다. 심지어 발행인까지도. 파리에서는 매우 교양 있는 계층에서조차 만찬 중에 텔레비전 방송 이야기를 하지 저널 이야기는 하지 않는다. 문화가 이미 제 자리를 내놓았기 때문이다. 문화의 실종, 프라하에서 우리가 커다란 재앙이자 충격, 비극으로 체험했던 그 문화의 실종을 파리 사람들은 진부하고 무의미하며 거의 눈에 띄지 않는 무언가로, 아무것도 아닌 일로 보았다.

---

31   30만 부를 찍어 내는(인구 천만의 국가에서) 주간지 《문학 저널》은 체코 작가 연맹에 의해 간행되었다. 바로 이 저널이 수년간에 걸쳐 프라하의 봄을 준비했고, 이후에는 그 논단이 되었다. 구성상으로 이 저널은 《타임》지 유의 주간지들, 모두가 비슷비슷한, 미국과 유럽에 널리 퍼진 주간지들과 닮지 않았다. 이 저널은 정말 문예지였다. 여기에는 예술에 관한 긴 시평들, 문헌 분석들이 실렸다. 역사, 사회학, 정치학에 바쳐진 기사들은 기자들이 쓴 것이 아니라 작가, 역사가, 그리고 철학자 들이 쓴 것들이었다. 나는 동시대 유럽 주간지 가운데 그처럼 중요하고도 역사적인 역할을 수행했고 그것도 아주 잘 수행한 주간지는 알지 못한다. 체코의 문예 월간지 발행 부수는 1만 부에서 4만 부 사이였고, 그 월간지들의 수준은 검열이 있었음에도 놀랄 만했다. 폴란드에서도 저널들이 이에 필적할 중요성을 갖고 있다. 오늘날 그곳의 지하 저널들은 수백(!) 가지를 헤아린다!

합스부르크 제국의 붕괴 이후 중앙 유럽은 방책을 상실했다. 유대 민족을 자신의 구역에서 쓸어 버린 아우슈비츠 이후로 중앙 유럽은 영혼을 잃어버리지 않았던가? 1945년에 유럽에서 떨어져 나온 이후로도 중앙 유럽은 여전히 존재하고 있는 걸까?

그렇다, 그곳에서 이루어지고 있는 창작과 일어나고 있는 저항들은 중앙 유럽이 "아직 멸망하지 않았"음을 나타내고 있다. 그렇지만, 살아 있다는 것이 사랑하는 사람들의 눈 속에 존재한다는 것을 뜻한다면, 중앙 유럽은 더 이상 존재하지 않는다. 더 분명하게 말하자면, 사랑하는 유럽의 눈에 비치는 중앙 유럽은 소비에트 제국의 일부분일 뿐이며, 더도 덜도 아니고 딱 그 정도다.

그런데 왜 그런 일이 놀라운 것일까? 정치 체제로 볼 때 중앙 유럽은 동유럽이다. 하지만 문화사로 보면 중앙 유럽은 서유럽이다. 그런데 유럽은, 자신의 문화적 정체성에 대한 감각을 상실하고 있기에 중앙 유럽에서 단지 정치 체제만을 본다. 다시 말해 유럽은 중앙 유럽에서 동유럽만을 볼 뿐이다.

그러므로 중앙 유럽은 이웃한 대국의 강한 힘뿐 아니

라 문화의 시대를 뒤에 남기고 돌이킬 수 없이 흘러가는 시간이라는 무형의 힘에도 저항해야 한다. 중앙 유럽에서 일어나는 저항들에 보수적인 무언가가, 거의 시대착오적이라 할 무언가가 있는 것은 바로 이런 이유 때문이다. 중앙 유럽의 저항들은 흘러간 시간을, 문화라는 과거의 시간, '근대'라는 과거의 시간을 복원하려는 필사적인 시도다. 오직 그 시대 속에서만, 문화적 차원을 간직하고 있는 세계 속에서만 중앙 유럽은 자신의 정체성을 다시 지킬 수 있고, 있는 그대로의 모습으로 다시 인식될 수 있기 때문이다.

따라서, 중앙 유럽의 진정한 비극은 러시아가 아니라 유럽이다. 헝가리 통신사의 편집부장이, 자신이 그것을 위해 죽을 준비가 되어 있다고 말했으며, 실제로 그것을 위해 죽었던 그런 가치를 대변하는 유럽 말이다. 철의 장막 뒤에서, 편집장은 시대가 변했다는 사실, 유럽에서조차 유럽이 더 이상 가치로 느껴지지 않는다는 사실을 생각하지 못했다. 자신이 국경 너머로 타전하여 보낸 문장이 구태의연해 보이고 전혀 이해되지 못하리라는 것을 예상하지 못했다.

옮긴이
장진영

서울대학교 불어불문학과를 졸업하고, 동대학원에서 「바로크 주제에 의한 코르네이유 초기 희극 연구」로 문학 박사 학위를 받았다. 현재 서울대학교 강사이며, 『프랑스어의 실종』, 『저 아래』, 『파리의 풍경』(전6권, 공역) 등의 작품을 우리말로 옮겼다.

납치된 서유럽
혹은 중앙 유럽의 비극

1판 1쇄 찍음 2022년 10월 4일
1판 1쇄 펴냄 2022년 10월 11일

지은이 밀란 쿤데라
옮긴이 장진영
발행인 박근섭, 박상준
펴낸곳 (주)민음사

출판등록 1966. 5. 19. 제16-490호
서울시 강남구 도산대로 1길 62(신사동)
강남출판문화센터 5층 06027
대표전화 02-515-2000 팩시밀리 02-515-2007
www.minumsa.com

ISBN 978 89 374 2989 7 04800
ISBN 978 89 374 2900 2 (세트)

* 잘못 만들어진 책은 구입처에서 교환해 드립니다.